KB010001

덕질은 삶을 얼마나 이롭게 하는가!

보라하라,
어제보다 더 내일보다 덜

보라하라, 어제보다 더 내일보다 덜

덕질은 삶을 얼마나 이롭게 하는가

초판 1쇄 찍은날 2019년 12월 23일
초판 1쇄 펴낸날 2019년 12월 30일

지은이 백지은
사진·그림 백지은

편집 신태진, 김민혁 | **발행** 이주호 | **디자인** 신태진
펴낸곳 브릭스 | **주소** 서울시 종로구 자하문로6길 11-18 1층
전화 02-465-4352 | **팩스** 02-734-4352
브릭스 매거진

ISBN 979-11-90093-05-7 03810

이 도서의 국립중앙도서관 출판예정도서목록(CIP)은 서지정보유통지원시스템 홈페이지(http://seoji.nl.go.kr)와   국가자료종합목록   구축시스템(http://kolis-net.nl.go.kr)에서 이용하실 수 있습니다. (CIP제어번호 : CIP2019049235)

덕질은 삶을 얼마나 이롭게 하는가!

보라하라,
어제보다 더 내일보다 덜

백지은 지음

브릭스,

회사 생활 7년차. 직급은 사원(우리 회사는 12년차에 겨우 차장 대우가 된다). 업무량과 책임감은 증가하지만 그에 맞춰 지갑은 비어가는 시대의 청춘. 취미도 딱히 없고 퇴근 후 혼술 한 잔 하는 게 유일한 낙, 그저 그런 평범한 사람. 그런 내게 삶의 이유를 증명하는 이름 하나가 새겨졌다. 예고도 없이, 툭!

시작은 사소했다.

머리를 쓰지 않아도 되는, 가볍게 휘발되는 프로그램을 챙겨보기 위해 여느 때처럼 혼술상을 펴놓고 리모컨으로 채널을 돌리던 중이었다. 《아는 형님》의 게스트로 방탄소년단이 나왔다. 음악방송도 보지 않고 인터넷이라곤 여행 카페 정도만 기웃거리던 내게 방탄소년단은 이름만 아는 가수였다. 오늘은 이거나 봐야겠다, 술 한 잔에 피자를 오물대는데……, 어라? 다들 좀 귀엽다. 광주, 대구, 부산, 거창 등 고향도 제각각에 얼굴도 다 말끔, 갑자기 아무렇지 않게 윙크를 날리질 않나, 서태지와 아이들의 〈이 밤이 깊어가지만〉에 맞춰 수려하게 춤을 추질 않나, 퍼즐 맞추기 게임을 하는

데 예능감도 상당하다. 저 노란 머리 친구가 지민이고, 민트색 머리는 슈가구나.

유튜브에서 방탄소년단을 검색했다. 뮤직비디오, 무대 영상, 팬메이드 영상, 가짓수도 많은데 조회 수 자체가 기본 백만 단위다. 어라? 이렇게 유명하단 말이야? 와인 몇 잔을 마셔서 그런가, 나 왜 떨리지? 어라? 무대를 이렇게 열심히 한다고? 안무 자체도 여간 어려워 보이지 않는데 다들 몸이 부서져라 춤을 춘다. 노래를 표현하는 표정도 좋다. 무대에선 탈진할 듯 열심히 하면서 대기실 촬영 영상에선 서로 천진난만하게 웃고 장난친다.

그 순간 팟! 방금 뭔가 관통했다. 맞다, 덕통사고. 방금 나 그거 당했다.

바로 얼마 전 당한, 차가 반파되는 교통사고에 버금가는 충격으로 나는 그 즉시 방탄소년단 팬이 되었고, 오래 지나지 않아 덕후로 레벨업했다. 지금부턴 그들의 과거와 현재, 미래를 좇는 집착에 관한 이야기다. 방탄소년단의 이름을 지우고 당신이 가장 열광하는 누군가의 이름을 넣는다면 언제든 당신의 이야기가 될 수 있는 보편적 덕질 이야기.

Contents

이유,
그런 거
없는데요

모든 것이 알고 싶다

"너는 왜 나에 대해서 안 물어봐?"

그가 이별을 고하며 내게 했던 말은 자신의 이야기를 궁금해 하지 않는 나에 대한 책망이었다. 정말 좋아하지 않은 건 아니었다. 몇 시에 일어나고, 점심을 뭘 먹고, 지금 어떤 노래를 듣는지 궁금해 하는 게 애정의 척도라고 생각하지 않았을 뿐이었다. 그리고 다만, 정말로, 그냥 궁금하지 않았다. 그가 몇 시에 일어나든, 점심을 뭘 먹든, 지금 어떤 노래를 듣든. 학창 시절 장래희망 칸에 꼭 쓰던 기자란 꿈을 포기한 것도 같은 이유였다. '왜?'라고 한 번쯤 물어볼 만도 했지만, 물음 없이 먼저 수긍부터 하는 사람이 나였다.

'그러게. 나는 왜 궁금해 하지 않았을까.'

그가 궁금하지 않던 나는 주변의 모든 일을 궁금해 하지 않는 사람으로 진화해 갔다. 친구의 근황도, 회사 내의 정치 상황도, 하물며 가족들의 일상까지도. 3n살. 명함, 월급, 자동차를 가지게 되면서 호기심, 도전 의식, 떨림을 내어 준 것일까? 스월링한 와인을 한입에 털어 넣는다. 그랬지 분명,

어제까지의 나는.

하루 내내 회사가 뒤숭숭했다. 곧 발표되는 인사 발령과 관련된 하마평들이 공기 중을 떠다니고, 담배를 피우고 온 다며 한 시간에 서너 번은 자리를 비우는 모 선배는 퇴근 시 간이 다 된 이 시간까지 부산스레 복사기와 자리를 오가고, 복도에 모인 동료들에게 인사하면 어색하게 흩어졌다. 메신 저 메시지를 보내는 바쁜 키보드 소리는 하루 종일 고요한 사무실에 울리는 유일한 리듬이었다. 게시판에 부착될 종이 에 관심이 없는 사람은 나밖에 없는 것 같았다.

'누가 오고 누가 가든, 다 거기서 거기지 뭐'

마무리된 제안서에 폰트만 이리저리 바꿔 보며 조용히 퇴근 시간을 기다렸다. 빨리 퇴근했으면. 어수선한 분위기 속 나만 다른 이미지로 오후 5시를 보내고 있었다.

퇴근해 집에 들어오자마자 와인 셀러를 열었다. 작년 한 해 제일 잘한 일을 꼽자면 이 와인 셀러를 구입한 게 아닐 까. 혼자 소주를 마시기엔 너무 짠한 것 같고, 맥주는 배가 부르고. 그렇게 한두 잔씩 늘려가던 와인에 정착한 것도 작 년 한 해 동안의 일이다. 조명만 켜놓은 고요한 밤.

이렇게 궁금한 게 많았다, 나란 사람이. 오늘도 아침에 눈 을 뜨자마자 트위터 타임라인을 훑었다. 지난 주말 나고야에서 있었던 《Love yourself》 콘서트 사진들이 밤새 많이 업로드 되었다. 출국할 때 모자로 꼭꼭 가렸던 건 바뀐 헤어스타일 때문이었나 보다. 조명에 반짝이며 찰랑거리는 머리카락이 무대 연기를 하는 듯 하늘로 나폴나폴, 그 순간에 찍힌 태형과 지민이 환하게 웃고 있다. 무대 위에서 더 빛나는 그룹답게 모두의 눈동자가 조명에 반짝인다. 저장. 저장. 저장. 어느 순간부터 핸드폰 사진첩에 내 사진보다 멤버들 사진이 더 많아졌다.

사진을 저장하고 짤막한 콘서트 영상을 봤다. 지민이가 서툴게 외운 일본어 멘트를 하는데 '한 가지만'을 '한 사람만'으로 잘못 말해서 콘서트장 분위기가 순간 싸해진다. 특정 누군가를 위한 말인 줄 알고 철렁했던 팬들의 마음도 이해되면서, 심상치 않은 분위기에 그제야 자신의 말실수를 깨닫고 웃는 지민이의 얼굴에 나도 덩달아 웃음이 났다. 그 귀여운 표정에 몇 번이고 영상을 다시 봤다.

트위터 타임라인을 확인하고, 유튜브 영상을 재생하고 연관 재생 버튼을 눌러 놓으며 아침을 시작한 지 꽤 되었다. 웃으면서 아침을 시작한 지도 딱 그만큼 되었다. 이틀간의 콘서트를 끝낸 다음 날이 오늘이고, 내일은 서울가요대상에 참석한다. 오늘 입국해서 바로 내일 무대 준비하려면 너무 피곤한 거 아니야? 어제 콘서트 끝나고 새벽에 팬카페에 글을 남겼던데. 밥은 대체 잘 먹고 다니는 거야? 잠은 잘 자나? 나고야는 멀지 않아서 다행이지만 앞으로의 스케줄이 너무 살인적이라 건강 잘 챙겨야 하는데. 모든 것을 알고 싶고, 궁금하고, 갖은 생각이 다 든다. 쉼 없이 계속된다.

방탄소년단에 입덕하자마자 제일 먼저 한 일은 기본적인 인적사항을 외우는 것이었다. 외운다기보다는 저절로 암기되는 것에 가까웠다. 본명이 뭔지, 생일이 언제인지, 가족 구성은 어떻게 되는지, 좋아하는 건 뭐고 싫어하는 것은 무엇인지. 기본적인 인적사항을 외우고 나선 음악 활동 순서였다. 어떤 무대에서건 몸이 부서져라 춤을 추고 라이브를 고수하는 멤버들답게 무대와 관련된 영상이 아주 많았다. 연습 영상과 공연 영상, 공연 뒤 이야기를 나누는 영상 등을 보며 노래를 익혔다.

각 연도 별로 큼지막한 활동을 분류하고 콘셉트를 파악했다. 대부분 학생이었던 데뷔 초창기엔 그 나이대에서 하는 학업, 친구, 미래에 대한 고민을 솔직하게 얘기했고, 졸업을 앞둔 혹은 막 졸업을 한 불안정한 청춘을 노래하다가, 실수도 하고 다양한 감정을 배워가면서 점점 자라는 시기를 보낸 뒤 자신을 사랑할 줄 아는 선한 영향력을 가진 멋진 청년으로 성장하는 서사들이다. 뮤직비디오는 이 서사를 큰 줄기 삼아 내용을 연결시킨다. 처음의 단추를 잘 꿰지 못하면 겉만 훑고 지나가는 불상사가 생길 수 있다. 여러 사람들이 내놓는 다양한 해석들을 찾아보는 것도 필수다. 몇 년간 차근히 따라오지 못했으니 벼락치기가 필요했다. 얼마나 다행인가, 나는 암기 과목에 자신 있는 전형적 문과형 인간이니.

그렇게 몇 달이나 궁금함이 지속됐다. 제일 좋은 건 할 일이 있다는 것이었다. 퇴근하고 멍하니 텔레비전을 보거나 일상에 대해 한탄만 늘어놓는 술자리를 갖느라 아까운 시간을 흘려버리거나 지금을 피해 보려고 여행 사이트의 항공권을 뒤져본다거나 했던 모든 일들이 자연스레 후순위로 밀려났다. 그거 아니어도 할 게 많았다. 방탄소년단 자체 예능《달려라 방탄》의 예전 영상들을 보느라 새벽 세 시쯤 겨우 잠든 날도 있었다. 지금보다 더 어리고 조금 더 꾸밈없는 그들의 모습에 잠이 홀랑 날아가 버려 잠들기 위해 무진 애를 써야 했다.

덕질은 체력과 지구력에 근거한다. 매일 밤 영상을 훑고 새로운 소식을 궁금해 하면서 다음 날 똑같이 출근하는 체력, 그것이 매일 이어지는 지구력. 덕후는 아파도 될 만큼 한가하지가 않다. 때꾼한 눈을 비비며 겨우 출근 준비를 마치고 나온다. 차 시동을 걸면 블루투스로 연결한 MP3에서 랜덤으로 재생한 방탄소년단의 노래가 흘러나온다. 노래를 한 곡이라도 더 듣기 위해 신호가 바뀔 것 같으면 바로 속도를 줄이고 천천히 이동한다. 절로 안전 운전이 되니, 이 또한 감사하다.

이 회사의 유일한 내 공간. 앨범 포스터 두 개를 붙여 놓은 삼면의 파티션 안. 모니터를 켜고 책상을 닦은 뒤 따뜻한 차 한 잔을 우렸다. 모니터 배경화면은 2019 시즌 그리팅 사진이다. 메신저를 연결하고 회사 인트라넷을 켰다. 아직 업무 시작 전이니 정국이가 직접 찍고 편집한 사이판 영상을 재생시키는 게 눈치 볼 일은 아니다.

"무슨 좋은 일 있어? 요즘 얼굴 좋네."

"아, 제가 또 웃고 있었나요?"

"올해는 국수 먹는 거야?"

헛물켜는 선배의 농담에 부스스 웃으며 다시 이어폰을 귀에 꽂았다. 푸른 바다 앞에서 카메라를 응시하며 아무 근심 없이 웃는 지민과 호석의 얼굴을 보다가 모니터 옆에 놓인 거울에 담긴 내 얼굴을 보았다. 입 꼬리가 승천해 내려올 생각을 안 한다.

방탄소년단 멤버들은 모두 물과 친해서 하와이나 사이판, 팔라완에 가면 스쿠버다이빙을 비롯한 다양한 레저 스포츠를 즐긴다. 나도 올해는 수영을 배울 예정이다. 물이 무서워 바닷가는 여행지로 고려도 안 해봤는데, 수영을 하면 어떤 기분일지 무척 궁금하다. 멤버들이 즐겼던 곳에 가서 같은 체험을 해보고 싶은 마음도 있다. 퇴근하면 2016년 《본보야지Bon voyage》를 보고 수영 강습을 찾아봐야겠다. 할 일이 많아진 덕후는 오늘도 하루가 바쁘다. 예고도 없이, 준비할 새 없이, 갑자기 방탄소년단이라는 선물을 받았다. 허둥대며 선물을 풀어 그들의 과거와 현재를 좇느라 정신없는 시간을 보낸다. 어느 정도 따라 잡았으니 이젠 그들의 미래를 함께해야지. 또 어떤 모습을 보여줄까 두근거린다.

"너는 왜 나에 대해서 안 물어봐?"

그때의 그에게 이제야 사과한다. 알고 싶다는 게 얼마나 큰 감정인지 이제야 알아서. 궁금해 하는 게 얼마나 큰 애정인 건지 이제야 깨달아서. 지금 뭘 하는지, 뭘 먹는지, 뭘 하고 싶은지, 잠은 잘 잤는지, 지금 행복한지, 이런 애정이 버겁진 않은지 궁금하지 않은 게 하나도 없는 마음이 어떤 건지 이제야 배워서.

사실 덕질이라는 게 티나는 사진이 있을 리가 없다.

마음 맞는 사람들끼리 먹고 마시며 그들의 얘기를

나누는 것 외에는.

그래서 온통 음식 사진에 술 사진만 남았지만

내가 방탄소년단과 함께한 시간이

어디로 사라진 건 아니다.

왜 나는 방탄소년단이어야 했을까

"그러니까 왜 방탄소년단인데?"

점심을 먹고 들어오는 길, 엘리베이터 앞에 선 동기가 결국 한마디 한다. 잘 걷다가 눈에 띈 작품에 "에드워드 호퍼! 요즘 태형이가 좋아한다고 한 화간데" 하고, 밥 잘 먹다가 메뉴판을 보며 "남준이가 한국 오면 짜장면 제일 먹고 싶다고 했는데. 내일은 내가 짜장면 먹어야겠다." 하고, 잘 웃다가 문득 "햄버거가 무슨 색깔인 줄 알아요? 버건디! 버건디! 우리 석진이가 한 건데 진짜 웃기지 않아요?" 하고.

"어……, 그게……, 노래가 좋고, 춤도 잘 추고, 잘생겼고, 음……, SNS로 팬들과 소통도 잘하고……."

일상에 깊게 파고든지 꽤 많은 시간이 흘러서일까. 갑작스런 질문에 생각의 회로가 턱, 엉켰다. 멋들어진 말로 휘황찬란하게 그들의 대단함을 설명하기도 전에 입에서 줄줄 영양가 없는 말들만 나온다. 이래선 설득이 안 된다.

"요즘 데뷔하는 아이돌도 다 그 정도는 하잖아."

"그, 그렇긴 하죠. 요즘엔 다들……."

"방탄만의 특별한, 그런 게 있는 거야?"

땡. 엘리베이터가 멈추고 내가 먼저 내릴 차례가 되었다. 덕심은 누구에게도 밀리지 않는다고 자부한 이 구역의 최고 덕후 아미 자존심이 여기서 꺾일 순 없다.

"사랑에 빠지는 데엔 이유가 없잖아요."

망했다. 피식, 웃는 동기의 얼굴에선 원하는 답을 얻지 못했음이 고스란히 드러났다.

"알았어. 고생해. 내일 짜장면 맛있게 먹고."

닫히는 엘리베이터 문을 내가 지을 수 있는 가장 멍청한 표정으로 바라보았다.

그러게, 나는 왜 방탄소년단이어야 했을까.

사무실 책상에 앉아 그 문장 하나를 여러 번 곱씹었다. 내 눈에 세상 제일 잘생겼던 손지창과 남들이 다 좋아하니까 나도 CD를 사고 노래와 춤을 따라했던 H.O.T.를 지나 열애설 하나로 심장이 쿵 떨어질 수 있음을, 그렇게 심장의 존재를 알려준 지오디와 열심히 공부해야 하는 이유를 선사해준 동방신기를 건너 n차 영화 관람을 하게 한 강동원과 이준기, 영화 속 장소를 일일이 찾아다니게 한 영화 《킹스맨》과 《비긴 어게인》, 대사를 줄줄 외우는 마블과 디즈니 영화 등등 일일이 열거하는 것조차 힘든 내 유구한 덕질의 역사 중 그 정점을 찍고 있는 대상이 바로 방탄소년단인데, 그러니까 이 정점이 왜 방탄소년단이어야 하는지, 왜, 대답이 그 지경이었냐고.

콘서트를 보기 위해 해외를 가고, 매 분 참지 못해 트위터 피드를 '새로 고침'하고, 소속사 공식은 물론 컬래버레이션으로 나오는 MD들은 나오는 첫날 사야하고, 매일 방탄소년단의 노래만 듣고, 방탄소년단과 연결 짓지 않은 생각은 그 자취를 없애고, 방탄소년단이 아닌 주제의 대화는 흥미를 잃게 한 전지전능한 존재의 발현. 퇴근 후 방에 들어와 노트북을 켜 자리에 앉았다. '왜'냐고 물었지, 대답해 주고 말겠어.

지금껏 나는 어떤 사람들을 좋아해 왔을까. 현실에서든 상상에서든 내가 좋아하지 않고는 못 배길 사람은 어떤 유형이었을까? 똑똑하고 책과 미술과 산책을 즐기지만 덜렁대는 실수 때문에 늘 옆에서 챙겨주고 싶은 사람? 말도 안 되는 말장난을 치다가도 직접 만든 따뜻한 음식을 선보이며 다정한 이야기를 들려주는 사람? 시니컬하고 현실적이어서 차갑게 보이지만 알고 보면 은근히 내가 하는 말 모든 것에 반응하며 아닌 척, 해달라는 거 다 해주고 있는 사람? 시종일관 밝은 기운을 내뿜으며 웃음이 가득하게 만들다가도 자신의 직업 앞에선 한없이 진지하고 예민해지는 사람? 한 마디 한 마디, 휘어진 눈을 접은 채 상대의 마음 다치지 않게 둥글둥글 예쁜 말을 고르는 사람? 타고난 끼와 치명적인 눈빛에 어디로 튈지 모르는 엉뚱함과 아이 같은 순수함을 함께 가지고 있는 사람? 지치지 않는 건강함을 바탕으로 점점 사랑을 알아가는 성장을 지켜볼 수 있는 사람?

포털 사이트에 방탄소년단을 검색했다. 멤버들의 기본 인적사항을 비롯해 수상 내역 등의 정보가 주루룩 나온다. 그새 업데이트된 내용들이 많다. 스크롤을 내리며 하나씩 눈에 담는다. '왜'의 실마리는 어디에 있을까?

그룹명 방탄소년단. 2013년 데뷔. 한때 '작곡가 방시혁이 탄생시킨 소년단'이란 얘기도 있었으나 총알을 막아내는 것처럼 젊은 세대들이 살아가면서 겪는 고난 및 사회적 편견과 억압을 막아내고 자신들의 음악을 지키겠다는 의미를 가진 팀명. 해외에서 많은 인기를 끌기 시작하면서 BTS로도 불림. BTS는 Bulletproof Boys의 약자지만 Beyond The Scene, Burn The Stage, Bring The Soul 등으로 변형되어 다양한 콘셉트로 구현됨. 데뷔 후 겪은 약간의 성공과 약간의 부진, 2015년 〈I need U〉〈쩔어〉 성공으로 도약의 시작, 2016년 〈불타오르네〉〈피 땀 눈물〉의 대성공으로 그해 첫 대상 수상, 2017년 빌보드 탑 소셜 아티스트상 수상, 2018년 모든 음악 시상식 대상 수상, 2019년 월드 스타디움 투어 시작, 그래미 시상식 아시아인 최초 수상자 참석. 숫자와 기록으로 나타내는 방탄소년단의 성공과 그 의의를 다룬 기사와 글은 수없이 많지만, 이런 성공을 어떻게 이루었는지에 대해선 어느 하나 만족스러운 글이 없었다. '왜' 인지에 대한 답을 담기에 활자는 너무도 부족한 플랫폼이구나, 그런 생각을 했던 것도 같다.

돌이켜보면 그랬다. 예능 프로그램을 통해 방탄소년단을 인지한 그날, 나는 유튜브에 방탄소년단을 검색했다. 빅히트 엔터테인먼트 채널《ibighit》와 방탄소년단 채널《BANG-TANTV(방탄TV)》가 나왔다. 눈이 한껏 커졌다. 이거구나.

《방탄TV》를 클릭하니 뮤직비디오, BTS practice video, BTS Episode, BANGTAN BOMB, BANGTAN LOG 등 다양한 재생 목록이 있었다. 오피셜 뮤직비디오, 안무 연습 영상 등을 비롯해 대기실에서 운동하는 모습, 머리 손질하는 모습, 촬영장에서 간식 먹는 모습 등 무대 뒷모습을 담은 5~10분짜리 영상만 수백 개에 시상식 준비부터 본 무대까지 열과 성을 다하는 2~30분짜리 영상들도 수십 개고, 멤버들 각자 한 명씩 카메라 앞에 앉아 일기처럼 남긴 영상도 수여 개였다. 데뷔 전부터 차곡차곡 쌓아온 것들이다. 윙크 하나에, 파워풀하게 추는 춤선에, 무심한 말투에 혹하기도 했다. 각자 다른 캐릭터를 지닌 7명이 있다는 걸 인지했고, 그게 시작이었다. 이 방대한 기록저장소에 들어서면서 느꼈던 감정은 아마도 이 시간에 대한 경외심과 기분 좋은 숙제를 받아든 포만감이었다. 이쯤이지 않았을까. 방탄 개미지옥으로 홀랑 빠져버린 때가.

그렇게 영상을 보다가 브이라이브 방탄소년단 채널도 섭렵하기 시작했다. 자체 예능 프로그램인 《방탄 가요》와 《달려라 방탄》이 업로드 되는 채널이다. 대형 기획사 아이돌에 밀리고, 낯가림이 심한 몇몇 멤버들이 매력을 마음껏 펼쳐 내는 데에 어려움도 겪었기에 아예 자체 예능 프로그램을 만든 것이었다. 가요 맞추기, 뮤직비디오 찍기, 번지점프, 추격전, 보드게임, 김치 만들기, 바리스타 체험, 볼링 등 매회 멤버들끼리 복작복작 꺄르르 꺄르르 웃으며 미션을 진행하는 것을 봤다. 게스트 없이 멤버들끼리만 출연하는 만큼 자연스럽고, 재밌고, 귀여운 데다 편안한 모습이 가득했다. 얼마큼의 시간이 흐르는지도 몰랐다. 어느새 멤버들의 라이브 방송, 자체 여행 프로그램인 《본 보야지》, 콘서트나 팬미팅 중계도 보고 있었다.

볼 게 너무 많아 거의 매일을 동영상의 늪에서 허우적댔다. 멤버들이 공유하는 일상이며 팬들이 재생산해 내는 영상과 직캠 영상까지, 매일 수 시간을 써도 마름이 없었다. 어느 순간부터 너무나 자연스럽게 나는 방탄소년단과 함께 일상을 살고 있었다. 그들을 알게 하는 수많은 기록들 덕에 그들을 인지하고, 알아가고, 좋아지고, 걷잡을 수 없이 빠지는 데까지 정말 순식간이었다.

방탄소년단이 SNS로 떴다고 하는 사람들에게 윤기가 이렇게 말한 적이 있다. 음악과 퍼포먼스, 메시지에 많이 집중한 것을 사랑해 주시는 것 같고, 이 관심을 갖게 해준 작은 씨앗이 SNS라고 생각한다고.

그렇다. 궁극으로 닿은 지점. 결국 음악이었다. 이미 많은 영상을 통해 확인했듯 방탄소년단은 가수로서의 욕심이 무척이나 많다. 직접 노래를 만드는 멤버들이 대다수고, 어느 아이돌보다 높은 난이도를 자랑하는 군무며 그럼에도 늘 라이브를 고집하는 뚝심이며 콘서트에 대한 열망까지. 어느 무대든 누구 하나 살살하는 멤버가 없다. 노래 한 곡이 끝나면 온몸이 푹 젖는다.

방탄소년단이 가수로서 고수하고 있는 것, 바로 '우리의 노래를 한다'는 신념이다. 공감되지 않지만 그럴싸한, 겪어보진 않았지만 있음직한 가사들은 방탄소년단의 노래에 없다. 내가 고민하고 내가 직접적으로 받아들여지는 가사가 아니면 부를 수 없다는 규칙은 데뷔 이후 지금까지 쭉 이어지고 있다. 10대 후반, 20대 초반이었던 나이에는 학교와 친구, 그리고 처음으로 느껴보는 설렘과 좌절 같은 것들을 풀어냈고(〈No more dream〉〈상남자〉〈좋아요〉 등), 그보다 조금 더 나이가 들었을 때는 사회로 나온 불안함과 혼란, 서툰 열망들을 노래했고(〈RUN〉〈Butterfly〉〈뱁새〉 등), 사회적인 성공을 이루고 안정기에 도입한 최근에는 힘든 시기에 대한 반추, 팬들에 대한 감사, 되짚는 초심들을 솔직하게(〈MIC Drop〉〈Airplane pt.2〉〈작은 것들을 위한 시〉〈Magic Shop〉 등) 꺼냈다. 학교 3부작, 청춘 2부작, Love yourself 시리즈, Map of the soul로 이어지는 앨범은 명확한 콘셉트가 있다.

방탄소년단은 정식 앨범이 아닌 믹스테이프(Mixtape, CD나 음원유통사이트가 아닌 온라인상에서 무료로 공개되는 노래나 앨범)나 자작곡, 커버곡들을 공개하기도 하는데, 그룹으로서 하는 음악과 개인이 하고자 하는 음악에 갭이 생길 땐, 이런 방식으로 개개인의 음악적 성취를 도모해 온 것이다.

노트북을 덮었다. 역시 '왜' 방탄소년단이어야 하는지에 대해 이 기나긴 경험의 과정과 폭이 아니고선 설명할 방법이 없다. 아무리 긴 설명도, 누군가를 좋아하게 만드는 구체적인 움직임까지는 이끌어 낼 수가 없는 것이다. 이들이 만들어 낸 음악, 퍼포먼스, 이야기, 공개된 사적 생활들은 '왜'라는 설명과 증명의 영역이 아니라 '와서' '보고' '느껴'야 하는 영역이니까.

"그러니까 왜 방탄소년단인데?"

"일단 유튜브에서 무대 영상 하나만 보세요. 그 다음《방탄TV》에 올라 온 그 무대 에피소드 하나를 더 보세요. 5분? 10분? 시간도 얼마 안 걸려요. 우선 보고 나서 얘기해요. 일단 보고 나면, 알게 될 거예요"

이걸로 대답이 될 수 있을까?

그들, 방탄소년단

RM, 김남준

'좋은 노래다.'라고 느낄 때, 가사는 얼마큼의 역할을
할까. 아무리 좋은 음률을 가졌을지언정 요즘 유행하는
말들만 잔뜩 늘어놓은 가사를 가졌다면, 그 노래의
유통기한은 얼마나 갈까? 머리를 띵 하게 울리는 한 문장,
생각하지 못했던 언어의 조합, 새로운 단어의 발견. 그런
가사를 가진 노래가 과연 잊힐 수 있을까?

방시혁 대표는 남준을 처음 만났을 때를 이렇게 회상했다.
"주제를 다루는 사고의 깊이와 언어 사용의 유려함, 랩을
한국말로 풀어가는 방식 등이 17세라는 나이가 무색할
만큼 뛰어났다."

7명의 전체 멤버가 음악적 욕심이 있어 모두 함께
방탄소년단의 노래를 만들어 가고 있지만, 특히 남준의
파트는 그 시적인 표현이나 깊은 상념, 말들의 다양한
변주가 특별하다. 어린 거장이다.

RM. 본명 김남준. 팀의 리더. 맏형인 진이 아닌 남준이
팀의 리더인 건, 방탄소년단이라는 팀을 결성한 계기가
바로 남준이었기 때문이다. 1994년 9월생.

경기도 일산 출신이고 여동생이 한 명 있다. 랩몬스터라는
예명으로 데뷔를 했으나 힙합에 국한되지 않은 음악을
하겠다는 의지를 담아 보다 넓은 의미의 RM으로

2017년 말 활동명을 변경했다. IQ 148의 상위 1.3%의
뇌섹남, 전교 1등의 수재, 영어 능통자. 남준 앞엔
이렇게 그의 비상한 두뇌를 칭송하는 단어들이 붙는다.
취미는 미술작품 감상하기, 분재 가꾸기, 나무 사랑하기.
방탄소년단의 최장신이자 꾸준한 필라테스로 만들어진
탄탄한 몸을 가지고 있다.
바쁜 와중에도 책을 챙겨 읽고, 작품의 붓 터치와
시대적 배경을 접목시켜 화가의 마음을 이해해 보는
것을 즐겁다고 말하며, 힘들 때 뚝섬에 가서 위로를 얻고,
서울을 사랑하면서도 그 쓸쓸함을 되짚었던 경험을
노랫말로 풀어냈다.
베를린 콘서트에서는 분단의 아픔을 공유하는 정서를
말했고, 이데일리 문화대상을 수상할 땐 백범 김구 선생의
말을 인용해 문화의 힘을 언급했다. 대상과 인기상을
동시에 거머쥔 시상식에선 대상보단 인기상의 가치에
감격한 소감을 전달했다. 때와 장소를 기민하게 파악하고
센스 있는 멘트를 준비할 줄 아는 멤버. 본인 스스로도
모니터링을 가장 많이 하는 사람으로 꼽을 정도로 팬덤의
유행과 흐름도 놓치지 않는다.
하지만 남준의 별명은 의외로 '파괴왕(파괴몬)'이다. RM이
아닌 김남준이 되면 일단 물건을 잘 잃어버린다.

(첫 단체 해외여행에서 여권을 잃어버려 바로 귀국해야 했다.)

피규어 모으는 게 취미면서도 금세 떨어뜨리고 깨부순다. 무대에 서고 음악을 하는 직업인으로서의 자아가 사라지면, 부주의하고 덜렁대는 남준의 자아가 발현되곤 한다. 멤버들이 아니었다면 벌써 핸드폰을 300번쯤 새로 샀을, 그래서 세계 평화를 위해 절대 운전면허증을 따지 않고 절대 요리를 하지 않겠다는 사람.

남준의 솔로곡 〈Love〉의 가사는 다음과 같다.

널 알기 전 내 심장은 온통 직선뿐이던 거야

난 그냥 사람 사람 사람 넌 나의 모든 모서릴 잠식

나를 사랑 사랑 사랑으로 만들어 만들어

우린 사람 사람 사람 저 무수히 많은 직선들 속

내 사랑 사랑 사랑 그 위에 살짝 앉음 하트가 돼

ㅁ과 ㅇ, 사람과 사랑을 다루는 이 방식. 직선이었던 사람이 너를 만나 모서리가 잠식당해 사랑이 된다는 노랫말. '내'와 '네'가 왜 같은 소리를 내고 '사람'과 '사랑'이 왜 비슷한 소리가 나는지, 'love'와 'live'도 왜 비슷한 글자인지 너로 인해 깨닫는다는 한 남자의 조심스럽고 벅찬 감정. 노래엔 남준만이 쓸 수 있는 은유로 가득하다. 그는 다음 쓸

가사를 기대하게 한다. 그의 날 선 통찰력이 분명 두고두고
기억할 노래를 만들어 주겠지.

진, 김석진

진. 본명 김석진. 과천 출신. 1992년 12월생. 석진 앞에
붙는 수식어는 대부분 그의 외모와 관련된 것이다. 어깨
깡패, 월와핸, 차문남, 윈세남.
2015년 말, 〈I need U〉, 〈Run〉을 발표하며 도약의
날갯짓을 시작한 방탄소년단은 멜론뮤직어워드 시상식에
참석했다. 방탄소년단이 탑승한 까만 차량이 천천히
들어오더니 레드카펫 시작점에 멈춰 섰다. 비가 오고 있어
차량 옆에는 우산을 펼친 경호원이 대기하고 있었다.
차문이 열리고 석진의 얼굴이 드러났다. 조명을 받아
하얗게 빛난 얼굴로 레드카펫 너머를 먼저 응시한 후 몸을
숙여 차에서 내려 우산 아래 섰다. 그 뒤로 멤버들이
차례로 내린 뒤 옷매무새를 점검했다. 팬들과 취재진을
향해 인사를 하며 레드카펫을 걷는 방탄소년단의 모습이
생중계되는 동시에 모두가 앞다투어 검색하기 시작했다.
'저 차문을 열고 나오는 남자는 누구예요?'
2015년 멜론뮤직어워드의 핫 키워드는 그 해의 신인상도,
대상도 아니었다. 일명 '차문남', 석진이었다. 국내뿐

아니었다. 2017 빌보드 뮤직 어워드 시상식 포토월에 선 방탄소년단. 석진은 왼쪽 세 번째에 서서 손키스를 날리며 카메라 셔터에 응답했는데, 그 즉시 트위터의 해시태그가 들썩이기 시작했다. 대체 저 '왼세남(Third member from the left)'이 누구냐고. 멤버들 중 가장 넓은 어깨를 지녀 흰 티만 입어도 태가 나고, 모두가 입을 모아 칭찬할 정도로 수려한 외모를 가졌기에 본인 스스로 내뱉는 '월드 와이드 핸섬'이란 말에 아무도 토를 달지 않는다.

석진은 스무 살에 연습생이 되었다. 일찍이 수시 모집으로 합격했던 건국대 연극영화과의 입학식에 가는 길에 빅히트 엔터테인먼트 관계자에게 길거리 캐스팅된 것이었다. 중학교 때 굴지의 연예 기획사로부터 명함을 받아 1차 면접을 봤던 적이 있었지만 당시엔 이게 사기일까 무섭기도 하고, 본인이 연예인이 될 거라 생각조차 해본 적이 없었기에 제안을 거절했다고 한다. 이후 드라마《선덕여왕》의 '비담' 캐릭터를 보고 연기가 사람을 저렇게 멋지게 할 수 있구나 생각하게 되면서 연기자의 꿈을 꾸게 되었고, 그렇게 선택한 전공이 연극영화과였다. 그리고 그 전공에 발을 디디려는 순간 가수라는 또 다른 길이 열렸다.

워낙 꾸미는 데에 관심이 없고 옷을 사더라도 마네킹에

걸린 그대로 사거나, 매장 한 군데에 들어서면 그곳에서
모든 쇼핑을 끝마치는 스타일 덕에 꾸미지 않은 차림으로
평범하게 학교생활을 했음에도 다양한 각도로 찍힌
강의실 사진들이 지금도 종종 올라오곤 한다. 패션의
완성은 역시 얼굴. 넓은 어깨를 부각시키는 니트에 청바지,
평소 즐겨 쓰는 캡모자를 눌러 쓴 채 캠퍼스를 거닐었을
석진을 그려 본다. 어렸을 때 막연히 상상했던 첫사랑 대학
선배.

스스로 잘생겼다고 말하지만 사실 그건 분위기 쇄신용
농담이다. 맏형 석진의 제스처. 데뷔 초, 멤버들이 카메라
앞에서 끼를 부리며 가감 없이 자신을 내보일 때 조용히
앉아 있던 멤버가 석진이었다. 카메라도 제대로 못 보고,
먼저 나서지 않고, 튀지 않은 채 뒤에서 조용히 손가락을
만지작거렸던 석진을 지금처럼 변화시킨 게 바로 이 '월드
와이드 핸섬'이라는 수식어와 손키스였다. 진지한 인터뷰
가운데에 아이스 브레이크하는, 어색한 분위기를
무너뜨리기 위해 석진의 입에선 '월드 와이드 핸섬'이라는
귀여운 자화자찬이 터져 나온다.

2018년 《Love yourself》 콘서트에서 석진은 직접
피아노를 연주하며 자신의 솔로곡 〈Epiphany〉를 불렀다.
그전까지 피아노를 전혀 쳐 본 적이 없었다고 한다. 피아노

앞에 앉아 치는 척하는 건 스스로 용서가 안 돼 건반
전부를 이미지처럼 외워 1절 반주를 완성시켰던 것이다.
똑딱똑딱 일정하게 흐르는 메트로놈에 맞춰 티셔츠
카라 안에 마이크를 넣은 채 같은 곡을 몇 번이고 연습한
석진은, 아미 덕분에 많은 경험을 할 수 있었고, 피아노
연주 또한 아미 덕에 새로 배운 좋은 경험이었다며
고마움을 전했다.

"다들 성격이 변했는데 맏형인 진은 올곧게 성격이 안
변했다. 굉장히 상식적인 친구다. 멤버들이 기준선 밖으로
나가지 않도록 붙잡아 주는 좋은 친구다."

2017년 4월 24일, 한 인터넷 매체와의 인터뷰에서 방시혁
대표가 한 말이다. 방탄소년단의 셀링 포인트를 말할 때
그들의 관계성을 꼽는 팬들이 많다. 서로가 정말 좋아서
함께하고 있다는 안정적 상호성은 활동 7년 째가 된
현재까지 복작거리는 단체 생활을 기꺼워하는 원동력이
되고 있다. 이런 분위기에 한몫 하는 사람이 바로
석진이다. 큰형이라고 의견에 섣불리 끼어들거나 편을
가르지 않는다. 군림하기는커녕 본인을 하찮게 여기고
동생들이 자신을 편하게 대하는 게 즐거워 와이퍼 닦는
소리를 내며 끅끅 웃는다. 무게감이 없다. 장난스럽다.
하지만 모두가 안다. 가벼워 보이는 것을 택함으로써 맏형

역할을 해 나가는 사람이라는 걸.

'너의 수고는 너 자신만 알면 돼.' 이제는 너무 유명해진 이 말은 2015년의 한 인터뷰에서 석진이 자신에게 건넸던 말이다. 지금까지 많은 수고를 했고, 앞으로 할 수고도 굉장히 많이 남아 있지만, 이 모든 수고는 자신만 알면 된다고.

몇 해 전만 해도 '진짜다'라고 말하고 싶을 때, '레알'이라는 말을 자주 썼는데 요즘엔 '찐'이라는 말을 쓴다고 한다. 어릴 적 진품과 가품을 구분할 때 진품을 '찐'이라는 말을 썼었는데, 요즘 쓰는 '찐'은 좀 더 포괄적인 의미에서의 '진짜'라고 한다. 멤버들이 석진을 장난스럽게 부르면 '찐'이 된다. '오~ 찐, 무슨 일이에요?' '찐! 오늘 잘생겼는데?' 이런 성정에, 이런 배려, 이런 철학을 가진 사람이라니. 트로트 가사처럼 부르고 싶다. "어디에서 떨어졌니. 당신은 찐이야. 정말로 찐이야." 내 말 맞찐?

슈가, 민윤기

우리가 클리셰라고 부르는 흔한 드라마 설정이 있다. 캔디형이든 신데렐라형이든 나름의 서사를 지닌 여자 주인공과 자립형이든 모태형이든 역시 나름의 서사를 지닌 남자 주인공. 이들의 첫 만남은 사건이나 사고로 불릴 정도의 충돌인 경우가 대부분이다. 이 강렬하고 부정적인 첫 만남으로 인해 주로 남자 주인공이 여자 주인공을 오해하고 까칠하게 대하는데, 두 사람은 이 불편함이 무색하게도 우연이 우연처럼 겹치는 만남을 계속하게 된다. 남자 주인공이 직장 상사거나, 어려운 처지에 놓여 남자 집에 신세를 지게 되거나, 어쩔 수 없는 계약 연애를 하게 되거나. 어떤 현실에도 꿋꿋하게 자신의 일상을 살아내는 여자 주인공을 보며 남자 주인공은 급기야 '나를 이렇게 대하는 여자는 네가 처음'이라거나 '이 사람은 나를 내 배경이 아닌 나로 대해' 같은 이유로 사랑에 빠지게 된다.

이쯤 되면 누구나 이 드라마의 흐름을 완벽히 예측할 수 있다. 까칠하기론 세상에 둘도 없던 남자 주인공이 여자에게만은 따뜻한 남자로 변모하고, 훼방꾼이 나타나지만, 결국 사랑이 이루어진다는 결말.《오만과 편견》에서《미 비포 유》,《꽃보다 남자》에서《시크릿 가든》까지. 이 뻔하디 뻔한 러브 스토리가 여전히 사랑받는 이유는 까칠함이란 가면 속에 부드러움을 가지고 있는 '그'에 대한 로망, 밉지 않을 정도의 예민함 뒤에 아이처럼 환한 미소를 감춰두고 있는 '그 남자'에 대한 환상 때문이 아닐까.

까칠하고 예민하고 냉정한데다 현실적이고, 가끔은
세상을 달관한 것처럼 멀어 보이지만 한 번 웃으면 세상이
환해지고, 무심코 던지는 말 한마디가 사심 없이 따뜻하고
다정한 '그'. 영화나 드라마 속에만 존재할 것 같은 로망의
'그'가 실재한다면, 믿으시려나. 클리셰의 결정판,
슈가라는 실재를. 쌍꺼풀 없는 작은 눈, 경상도 사투리가
가끔 묻어나는 말투, 혀를 끌끌 차는 말버릇, 무심하게
낮은 목소리. 음식을 즐기지 않는 마른 몸, 깨끗한 하얀
얼굴, 약간은 멍 때리는 듯한 무표정, 싱글 몰트 위스키를
즐기고 무채색의 옷을 찾아 입는 취향, 어떤 질문에도
단호하게 내놓는 대답, 가끔씩 보여주는 환한 입동굴,
활동이 없는 날이면 작업실에 박혀 있어 하늘의 별 따기인
목격담. 다가가기 쉽지 않은 아우라.
1993년 3월생. 별명 민달팽이는 그냥 성이 '민'씨라서.
대구 출신 D-boy. 몸속에 파란 피가 흐르는 삼성 라이온즈
팬이라지만 어릴 땐 농구를 했다. 슈가는 슈팅 가드에서
따온 이름이다. 13살 때부터 미디를 다루고, 학창 시절엔
언더그라운드 래퍼로 활동했다. 고등학교 2학년 때
광주민주화운동에 관한 노래 〈062-518〉을 만들기도 했다.
이 제목은 멤버들의 고향 이야기를 담은 노래 〈Ma City〉
중 광주 출신인 호석이의 노랫말에 이렇게 인용됐다.

'자 눌러라 모두 다 062-518'

초등학교 때부터 미디를 다뤄 왔기에 작사, 작곡은 물론 프로듀싱 능력까지 갖췄다. 수란의 〈오늘 취하면〉, 에픽하이의 〈새벽에〉, 헤이즈의 〈We don't talk together〉 등이 윤기가 프로듀싱한 곡이다. 아이돌이 아닌 작곡가가 되기 위해 빅히트 엔터테인먼트의 문을 두드렸으나 어느새 춤 연습을 하고 있더라는 웃픈 스토리. 밥을 먹으면 버스를 탈 돈이 없고, 곡을 팔면 돈을 제대로 받지 못했던 윤기는 아이돌을 꿈꿔 본 적이 없었기에 다른 연습생들과는 결 자체가 달랐다. 연습생 기간에도 배달 아르바이트를 하며 용돈을 벌었다. 녹록치 않은 현실에 대한 경험, 좌절과 실패, 하고 싶은 일과 해야 하는 일 사이에서의 고민과 방황, 자신의 선택에 대한 순응과 추진을 고작 스물 남짓 나이에 다 겪어야 했다.

진중한 인터뷰를 제외하면 표현을 낯간지러워하는데다가 메시지를 나서서 보내는 편도 아니고, 자유 시간이 생기면 그냥 방에서 쉬거나 음악 작업하는 것을 선택해 버린다. 악플 같은 거 보지 말라는 팬의 말에 윤기는 예의 그 심드렁한 표정으로 '악플 쓰는 사람들한테 죄송하지만 보질 않는다. 더 써도 된다. 어차피 나는 보질 않고, 누군가는 그걸 고소하고. 모두가 좋은 일이지 않느냐.'

했다. 설탕처럼 달콤한 이름을 가졌지만 누구보다 심지가 단단하다. 다른 사람의 말, 행동에 휘둘리지 않고 누가 어떻게 생각하는지 크게 개의치 않는다. 이런 윤기의 행동은 어떤 기준 같아서 윤기가 웃으면 정말 재밌는 상황이고, 윤기가 아니라고 하면 정말 아닌 것처럼 느껴지게 한다. 하지만 의외의 진행능력으로 《달려라 방탄》의 MC와 《꿀FM》 디제이(슙디)를 맡고 있다. 몇 마디를 던지는 것만으로도 멤버들을 웃길 수 있는 말솜씨를 가진 멤버.

2016년 여름, 윤기의 믹스테이프가 공개되었다. 믹스테이프는 방탄소년단의 슈가가 아닌 Agust D라는 이름으로, 그룹이 아닌 솔로로, 자신의 감정들을 폭발적으로 녹아낸 트랙들로 꽉 채워져 있다. Agust D는 대구 언더그라운드 크루 이름 D-town과 자신의 이름인 Suga를 합해 거꾸로 지은 이름이다. 데뷔 전과 직후의 시점부터 현재까지, 그때그때 감정을 응축한 노래들이었는데 이 가사들은 윤기가 지녔던 무거움을 고스란히 드러내고 있다. 정신과 상담을 받았던 그때의 자신이, 고작 두 명 앞에서 공연하며 좌절했던 자신이, 오토바이 사고로 어깨가 부서졌던 아픔이 정제되지 않은 채 가시처럼 돋아 있다.

잘 나가는 아이돌 랩퍼 그 이면에 나약한 자신이 서

있어 조금 위험해.

우울증 강박 때때로 다시금 도져. hell no 어쩌면 그게

내 본모습일지도 몰라

… 청춘과 맞바꾼 나의 성공이란 괴물은 더욱 큰 부를

원해. - 〈The Last〉

2017년 아메리칸 뮤직 어워즈 무대를 마친 그날 밤,

윤기는 호텔로 돌아와 울었다. 너무 무서워서. 지금 이

자리는 음악을 시작하면서 한 번도 꿈꿔본 적이 없는

높이라 절망적인 느낌이 들었다고. 그리고 2019년 그래미

시상식의 시상자로 참석한 그날 저녁, 윤기는 진심으로

행복하게 웃었다. 세계적인 가수들의 무대를 보며 자극을

받은 하루였다며 많은 것을 배우고 간다고 했다.

이제 두려움으로 울지 않았다.

"세상은 꿈을 꾸게 한 적도 가르쳐 준 적도 없습니다.

그리곤 당신 탓이라고 합니다. 하지만 여러분 탓이

아니에요. 본인을 자책하지 마세요. 힘들 땐 기대셔도

됩니다. 힘든 사람이 있다면 버팀목이 되어 주세요. 이것이

제가 음악을 시작한 이유입니다. 우리의 음악이 작은 힘이

되길."

"꿈이 없어도 괜찮아요. 행복하시면 됩니다."

다음 생에 태어나면 돌멩이가 되고 싶다고 우스갯소리를 하지만 그건 현재를 누구보다 열심히 살고 있기에 내뱉을 수 있는 말이 아닐까. 그러면서도 쉬는 날엔 늦게 자고 늦게 일어나는 게 작은 행복이라고 말하는 사람. 이 무수한 간극에 치이지 않을 도리가 없다. 이쯤 되면 클리셰 하나는 인정하고 넘어가야 한다. 까칠하지만 진중한 '그'를 향해 애정이 솟아나는 건 당연한 수순이라고.

멤버들의 진솔한 이야기가 담긴 《방탄 회식》 자리에서 태형은 멤버들 모두가 다 힘이 되었지만 그중 가장 힘이 됐던 게 윤기에게 받은 예상치 못했던 장문의 메시지였다고 고백한다. 평소 메시지 자체를 잘 보내지 않는 윤기라 다들 놀라서 윤기를 바라보는데, 메시지의 마지막 말은 바로 "사랑한다."였단다. 그 메시지를 받고 태형은 10분 동안 울었다고 했다. 메시지를 보낸 시점이 바로, 너무 많은 것을 얻어 순간적으로 갈피를 잃어버렸던, 그래서 그룹 해체까지 생각했던 그때였다. 사랑한다로 끝나는 메시지는 정국도 받았다며 슬그머니 말을 덧붙였다. 겉으로 티 내지 않다가 불쑥, 힘겨워 하는 막내들을 챙겨 왔던 것이다. 실제로 술을 마시면서 하는

방송이 아니었다면 아마 이 얘기는 두 사람 혹은
세 사람만의 이야기로 남았을지도 모른다.
빅히트 엔터테인먼트의 사옥이 이전하면서 윤기의
작업실도 새로 꾸려졌다. 윤기는 3월 본인의 생일을
맞이하여 새 작업실 내부에서 라이브 방송을 진행했는데,
생일을 축하하며 들어오는 태형과 호석 모두 윤기의
작업실 비밀번호를 알고 있었다. '비밀번호가 쉬워서
그런가' 하면서도 들어오지 말라고는 않는다. 잠금장치가
있어야 하는 사람이지만, 범주에 들어온 사람들이 쉽게
비밀번호를 누르고 자신의 영역에 들어오도록 한다.
아 클리셰! 이런 캐릭터가 드라마에 등장하면 이미 백번도
더 보아온 주인공이라는 소리를 듣겠지만, 어찌할 도리가
없다. 이런 사람이 정말 실재합니다, 여러분.

제이홉, 정호석

무등산보다 더 유명한 광주의 자랑. 1994년 2월 광주에서
태어났다. 팀 내에서 유일하게 누나가 있다. 방탄소년단의
메인 댄서. 데뷔 전 스트리트 댄서로 활동 하던 때에
대상을 숱하게 거머쥘 정도의 실력을 갖추었다. 연습생
시절, 이미 다른 기획사에도 호석의 실력이 소문이 나
방탄소년단의 이름이 나오면 "방탄소년단? 아, 그 정호석

있는 그룹"이란 말이 나올 정도였다고 한다.

패션에 관심이 많아 다양한 스타일을 소화한다.

콘서트에선 일명 도토리 가방으로 불리는 작은 가방을

메고 나오는데, 가방에 본인의 MD와 함께 사인을 담아

팬에게 전달하기도 한다. 천성이 밝고 리액션이 좋아

방탄소년단의 밝은 분위기를 주도한다. '헤-' '뽀잉-'

'호이이이잇-' 등의 효과음을 진한 전라도 사투리에 얹어

끊임없이 쏟아내어 팬들이 '홉과음(제이홉+효과음)'으로

부른다. 해외 팬들이 호석이를 지칭하는 단어는 선샤인.

어디에서든 자신감 넘치고, 에너지를 전달하는 호석이기

때문이다. 다람쥐를 닮아 홉쥐란 별명도 있다.

방탄소년단에서 가장 깔끔한 멤버다. 호석을 괴롭히는

방법은 그래서 어지르기. 지난 2월, 생일 전날에 후쿠오카

콘서트가 있었던 호석은 그날 밤 라이브 방송을 했다.

자정이 되기 수 분 전, 호석이의 방에 멤버들(잠이 든 윤기만

제외하고)이 케이크를 들고 찾아와 함께 촛불을 분 뒤

장난을 친다며 잘 정리된 침대 위로 올라가 침구를 마구

흐트러뜨렸다. 외출복을 입고 침대에 눕지 않는 석진만

장난에 동참하지 않았는데, 호석이는 "아, 어떡하지?"하며

어쩔 줄 모르는 표정만 짓고 있었다.

다양한 스트리트 댄스를 섭렵하는 홉온더스트릿Hope on the

Street과 대구 출신인 윤기와 함께 SOPE(Suga+Hope)란 유닛으로 화개장터 영상을 찍어 업로드한다. 높은 곳에 올라가거나 놀이기구를 무서워하는 방탄소년단의 최고 겁쟁이이기도 하다. 유일하게 귀를 뚫지 않은 멤버다. 반전은 WWE의 프로레슬러이자 배우 존 시나가 가장 좋아하는 방탄소년단 멤버가 바로 호석이라는 것. 술을 전혀 못 마셔 술을 마실 때보다 마시기 전의 텐션이 훨씬 높은 귀여운 주량을 가지고 있다. 좋아하는 건 민트초코 아이스크림과 페퍼민트 차.

잘 웃고 파이팅 넘치는 리액션 장인이자 흥 담당으로 지친 멤버들을 위로해 준다. 결혼하면 아내에게 제일 잘할 것 같은 멤버로 석진이 호석을 지목했는데, 일단 굉장히 착하고 "형 이거 했어요? 저거 했어요?" 하며 하나하나 잘 챙기기 때문이란다. 예전과 지금, 어떤 면이 가장 달라졌냐는 질문에 지민은 호석에 대해 이렇게 얘기했다. 예전보다 훨씬 더 멋있어지고 더 큰 산이 된 건 맞지만, 원래 예전부터 저렇게 착했고 예전에도 저렇게 멋있었고 원래 좋은 사람이었다고.

자신의 의견을 강력하게 피력하는 윤기나 남준의 얘기를 일단 경청하고, 다른 멤버들의 이야기까지 모두 다 들은 뒤 가장 마지막에 의견을 내놓는다. 이런 호석을 향해

멤버들이 장난스럽게 '실눈캐'라고 말했는데, 자신의
존재감을 숨기고 모든 이의 말을 경청하며 실눈을 뜬 채
가만히 있다가 궁극에 최종 보스로 돌아오는 캐릭터가
원래 제일 센 캐릭터라는 거였다. 자신의 의견보다 팀과
멤버를 우선하며 중간에서 조율을 도맡아 하는 호석을
향해 남준은 '물' 같다는 표현을 하기도 했다. 호석이
있음으로써 모든 것이 자연스럽다고. 호석이 무대에
있으면 그 자체로, 함께 있으면 그 자체로 마음이 편하고
안정적이라고.

춤을 추면서 이미 많은 음악을 들었고, 또 춤을 추게 하는
음악을 선별할 수 있는 귀를 가지고 있었던 호석이 음악을
만들어내는 데에도 두각을 나타내기 시작했다. 호석의
작곡은 '대중적인 멜로디 메이킹이 가능한', '한 방이 있는'
등의 극찬을 받았는데, 호석의 믹스테이프 《Hope world》
중 〈Airplane〉이 〈Airplane Pt.2〉로 연장되어 방탄소년단
앨범에 실리기까지 했다. 세련된 취향에 음악적 성취가
합해지면 이런 결과물이 나온다. 《Hope world》를 들을
때마다 진심으로 감탄한다. 타고난 춤꾼이 음악적인
노력까지 기울이니 무적의 뮤지션이 되는구나. 호석은
콘서트에서 자신을 소개하는 멘트로 "I'm your hope.
You're my hope. I'm J-hope"라 외친다. 방탄소년단의

희망, 팬들의 희망 제이홉, 호석이다.

지민, 박지민

지민이 스물두 살이 된 2016년 생일. 지민의 아버지는
아들의 촬영장으로 생일 축하 꽃다발을 보냈다.
'자랑스러운 우리 아들. 생일 축하해. 사랑해' 대기실에서
케이크와 함께 아버지의 꽃다발을 전달받은 지민은 한껏
주름져 행복하게 웃었다. 이듬해 역시 촬영장에서 생일을
맞은 지민에게 아버지의 생일 축하 꽃다발이 전달되었다.
'아들아, 생일 축하하고 사랑한다.' 해외 투어 일정으로
암스테르담에서 맞이한 2018년 생일엔 아버지가
암스테르담의 꽃집에 직접 연락해 주문한 꽃다발이
배달되었다. 암스테르담에서 전달되다 보니 아버지의
메시지는 영어로 쓰여 있었는데, 그걸 받은 지민이
남준에게 다가가 해석을 요청했다. '사랑하는 나의 아들.
몸 잘 챙기고, 네가 살면서 갖고 싶은 거 다 갖길 바랄게.
사랑한다. 아빠가.' 남준의 부드러운 말투로 읽히니 왠지
더 달콤했는지 "우와 아빠 로맨티스트네"하며 지민은
슬쩍 미소 지었다. 아들에게 꽃다발을 선물하는 아버지도,
그 꽃다발을 받고 가장 행복하게 웃는 아들도 처음 봤다.
부산 사투리가 묻어나는 때를 제외하곤 '남자는 이래야 돼'

'경상도 남자가 말이야' 하는 모습이 한 번도 보이지 않았던 것이 단박에 이해되는 순간이었다.

1995년 10월생. 부산 출신. 데뷔 초 말랑말랑해 보이는 두툼한 볼살 덕에 망개떡이란 별명을 얻었다. 두 살 어린 남동생이 있다. 애교도 많고 멤버들과 스킨십이 잦은 다정한 성정이지만, 남동생에게만큼은 앞으로의 미래나 목표를 다그치는 엄한 형이다.

지민은 현대무용을 전공했다. 부산예고에 전체 수석으로 입학했는데, 무용과에서 전체 수석이 나온 게 처음이라 입학 당시 굉장히 화제였다고 한다. 무용을 했던 버릇이 남아 안무를 할 때 반 박자씩 느리게 반응하곤 하는데, 이는 자신의 모습을 엄하게 모니터링하는 지민에게 가끔씩 스트레스로 작용하기도 한다. 곰살맞은 강아지와 새초롬한 고양이의 모습을 다 가지고 있어 강양이란 별명을 얻었고, 남동생과 같은 나이인 정국을 잘 챙겨 정국맘이라고 불렸다. 멤버피셜, 정국을 데리고 뭘 하는 걸 좋아한다고. 정국이 지민을 부르는 '쥐민쮜'라는 억양은 팬들 사이에서 자주 회자된다. 의외로 술을 즐겨 마시는 멤버 중 한 명이 지민이다. 콘서트가 끝나고 한 방에 모여 술자리를 가지는 음주 멤버 석진, 지민, 정국을 합해 지진정으로 부른다. 멤버들 중 키가 작은 편에 속하고 특히

새끼손가락이 짧아 멤버들의 놀림을 자주 받는다. 공연이 끝난 뒤 혼자 들어오는 호텔 방이 싫은, 누구보다 멤버들과 함께 있는 것을 좋아해 복작거리는 숙소 생활을 가장 기꺼워하는 멤버이기도 하다.

'~는 것 같아요'는 지민이 자주 쓰는 말버릇. '팬들로 인해 너무 좋았던 것 같아요' '둘셋 영상을 보며 많이 울었던 것 같아요' 하며 멘트 말미에 신중을 기울인다. 추억을 중요시 여겨 핸드폰과 폴라로이드 카메라로 멤버들이며, 자신의 모습이며, 팬들의 모습 등을 사진으로 많이 남긴다. 게임을 하면 가장 많이 벌칙에 걸리는 일명 '똥손'이기도 하다. 팬들에게 좋은 모습을 보이고 싶어 노래와 춤 연습, 심지어 다이어트까지 게을리하지 않는다. 데뷔하지 못할 뻔한 위기를 온전한 노력으로 극복해 이제는 없으면 안 될 존재감을 드러내는 멤버가 지민이다.

암전이 된 무대. 붉은 조명이 켜지고 현악기의 묵직한 선율이 교차되며 흘러나온다. 카메라의 흐릿한 포커스가 점점 선명해지자 블링블링한 무대 의상을 입은 지민이 뒤편에서 걸어 나오고 있다. '내게 말해' 노래의 첫 소절이 시작되며 지민이 자신의 솔로곡 〈Lie〉의 퍼포먼스를 시작한다. 웃음 장벽이 0에 수렴하는, 너무 웃으면 눈이 붙어 앞이 하나도 안 보인다며 귀엽게 불평하는 망개 지민이는 그 즉시 사라졌다. 불안하고 위태롭고 상처 입어 금방이라도 어떻게 될 것 같은, '구해 달라' 온몸으로 외치는 인물로 분한 그 어떤 한 사람이 서 있다. 무대 위에서의 지민은 몸짓 하나, 표정 하나, 심지어 머리카락 한 올까지 지민을 연기하는 듯하다. 솔로곡 〈Lie〉와 〈Serendipity〉를 환호보단 감탄으로 바라보게 되는 이유다. 어떤 팬이 이런 지민이를 딱 네 자로 함축했다. 근지너대. '근데 우리 지민이 너무 대단하죠.' 앞머리를 댕강 잘라 캡모자를 쓰니 꼭 초등학생처럼 짓궂은 얼굴로 귀엽게 〈작은 것들을 위한 시〉의 안무를 하는 《매직샵》 무대의 지민과 투어 회차가 늘어날수록 꽉 맞게 떨어지는 안무의 합이 덜 해지는 것 같다는 스태프의 말에 변명의 여지가 없다며 바로 수긍하는 지민과 마니또 선물로 직접 만든 〈약속〉 CD를 건넨 호석에게 잔뜩 떨리는 목소리로 "너무 감동이에요"하며 몇 번이고 고마움을 표현하는 지민을 보면 모든 수식어를 빼고 말하게 된다. 근지너대.

다정한 호응, 끊임없이 반응, 웃고 때리고 만지는 리액션, 자신에겐 그렇게 엄격하면서 멤버들에겐 한없이 너그러운 지민의 모습이 생일에 배달되었던 꽃과 겹쳐진다. 팥 심은 데 팥 나고 콩 심은 데 콩 나고 다정 심은 데 다정 나나 봐.

지민이와 결혼하면 아버님도 다정하고 남편도
다정하고……, 으응?

뷔(V), 김태형

누구 하나 무대를 대충하는 법이 없는 무대 장인
방탄소년단이지만, 콘셉트를 맞춤복처럼 소화하며 무대
위에서 날아다니는 태형을 보면 자주 놀란다. 태형은
그날의 분위기에 따라 다른 이야기를 만들어 내는 얼굴을
가지고 있다. 멤버들이 만장일치로 꼽은 끼쟁이답게 무대
위에서 자유자재로 연기하며 논다. 촘촘한 속눈썹 아래
큰 눈이 카메라를 바라보면, 반항아가 되기도 하고, 당장
부서질 것 같은 청춘이 되기도 하고, 사랑에 빠져 어쩔 줄
모르는 남자가 되기도 한다. 평소 모습에서도 그 간극은
매워지지 않는다. 처음에 든 생각은 '완전 잘생겼다,
지나치게 화려한데, 엄청 놀았을 것 같아.' 하지만 하고
싶은 말을 제대로 하지 못하고 푸스스 넘어가 버리는
태형을 보면 무대 위의 뷔와 과연 같은 사람이 맞나 싶을
정도다.
1995년 12월생. 이틀만 늦게 출생신고를 했으면 나이를
한 살 덜 먹었을, 12월 30일이 생일이다. 경남 거창 출신.
맞벌이를 하셨던 부모님을 대신해 조부모님의 손에서

17년을 자랐다. 해외 촬영을 위해 공항으로 가는 차 안에서 할머니에게 잘 다녀오겠다며 살갑게 전화를 걸고, 조부모님에 대한 사랑을 여과 없이 내보이곤 한다. 태형이의 꿈은 할머니를 따라 농사를 짓는 것이었다고 한다. 태형은 가장 마지막에 공개된 연습생이었다. 친구의 오디션에 따라왔다가 얼떨결에 발탁됐지만, 얼굴이 조금이라도 알려지면 더 큰 기획사에서 혹시나 채갈까 '비밀병기(뷔밀병기)'로 숨겨 왔다고 한다. 빅히트 엔터테인먼트에서 태형이를 어떻게 여겼는지 단박에 설명해주는 에피소드지만 정작 본인은 다른 멤버들이 영상을 찍을 때 쓰레기통 뒤에 숨어 있어야 했다는 설움을 토로하기도 했다.

카메라 앞에서 편안하고 자유롭게 움직이며 몸과 얼굴을 굉장히 잘 쓰기 때문에 뭘 특별하게 하는 것 같진 않은데도 재킷과 화보에서 굉장히 포토제닉 하다. 큼지막한 귀걸이나 반지, 목걸이들은 이목구비의 화려함을 극대화시킨다. 굵은 저음과 따뜻한 고음. 화려한 외모와 그에 걸맞은 애티튜드, 시선을 뗄 수 없는 존재감, 그리고 목소리.

태태는 학창 시절 친구들이 태형을 부르는 별명으로 멤버들이며 팬들까지 태형이의 애칭으로 쓰고 있다.

멤버들을 놀리거나 장난을 치고 싶을 때, 눈앞에 보이는 불꽃놀이나 풍경이 너무 예쁠 때, 아주 멋진 무대를 관람했을 때 흥분된 말이 튀어나오곤 한다. 이 말을 들은 멤버들에게 미안하다며 한다는 말이 "이 귀를 들은 멤버들 미안해" 한다거나 벌칙 만든 사람에게 보복하겠다는 말을 "보답할 거야"라고 하는 식이다. 1분 내내 '이제', '약간' 등의 부사 몇 개만 꺼내고선 말을 끝마치지 못하고 푸스스 웃어 버릴 때도 많다. 이런 말투를 '태태어'라고 부른다.

"허벅지가 풀리도록 춤을 많이 연습을 했습니다. 그걸 제가 눈을 한 번 봤어요."

눈으로 보일 만큼 열심히 연습했다는 걸 어필하려던 태태어에 지민이 다정한 한 마디를 심는다.

"한 번 눈을 봤어요? 좋았겠네. 예쁜 눈이었겠네."

서로를 향하는 무조건적 애정 같은 것마저 느끼게 하는 태태만의 모멘트다.

사진 찍는 것과 미술 작품 감상하는 것이 취미인 태형은 뉴욕 현대미술관과 시카고 미술관이 투어 중에 가장 기억에 남는 곳이었다고 말한다. 한 주가 멀다 하고 나라를 넘나드는 스케줄에도 틈틈이 거리를 거닐고 미술관에 다녔다. 파리에선 영화 《미드나잇 인 파리》의 촬영 장소 생 에티엔 뒤몽 성당과 장 미쉘 바스키아의 전시회를 갔다.

암스테르담에선 밤 운하를 거닐며 야경을 카메라에 담았고, 날 좋은 한낮 런던의 리젠트 스트리트를 산책했다. 한국 사람들도 런던에 가면 많이 찾는 '플랫 아이언'에서 스테이크를 먹으며 감자튀김을 송곳니처럼 물고 즐겁게 사진을 찍기도 했다.

반 고흐를 사랑하고 《이터널 선샤인》과 《노트북》, 《미드나잇 인 파리》, 《비포 선라이즈》를 추천 영화로 꼽는다. 태형이 최근 빠진 취미는 그림 그리기. 작업실을 꾸렸는지 캔버스에 이런저런 그림을 그려보는 근황을 팬들에게 조금씩 알리고 있다.

요즘 와인에 빠져 한 번 마시면 한 병까지 마실 수도 있다고 했지만, 본래 술을 즐기지 않는다. 그러면서 소주병 마개를 기가 막히게 따는 방법을 연마한 건 함께하는 사람들 때문이었을 것이다. 술은 못 마셔도 분위기를 즐겁게 하기에 충분한 개인기다. (2018 FESTA 《방탄 회식》 중 '자몽에이슬'을 안무처럼 따는데, 이건 영상으로 꼭 봐야 한다.)

사람과 함께하는 것을 소중히 여기는 태형은 촬영하면서 알게 된 형 누나들뿐 아니라 시상식에서 스치듯 알게 된 동료와도 금세 친해진다. 그래서 '김옷깃만스쳐도인연'이라는 별명도 가지고 있다.

멤버들에게 마음을 표현할 땐 그 따뜻함이 특히 더 잘

드러난다. 《본 보야지》 하와이 여행 마지막 날, 방탄소년단 멤버들은 서로에게 쓴 편지를 공개했다. 릴레이로, 한 명씩 돌아가며 쓴 편지였다. 하와이의 노을이 지는 요트 위, 한 사람씩 돌아가며 읽는 편지에는 농담으로 버무려지지 않은 진담이 담뿍 담겨 있었다. 쑥스러운 마음에 다들 부끄러운 듯 간질이는 시간을 보내던 중, 태형의 순서가 되었다. 같이 울어주고 웃어주는 동갑 친구 지민을 향한 고마움을 덤덤하게 낭독하다가 태형은 숨기려던 눈물을 펑펑 흘렸다.

"미안해 항상 받기만 해서. 지금도 항상 화장실에서 울고 있음 같이 울어 주고 새벽에 몰래 나와 같이 웃어 주고 신경 써 주고 생각해 주고 나 때문에 노력해 주고 이해해 주고 고민 들어 주고 한없이 부족하고 못난 친구 많이 좋아해 줘서. 앞으로도 오래 같이 꽃길만 걷자. 사랑한다, 친구야."

편지를 읽고 나서도 한참 남은 눈물을 쏟았다.

《달려라 방탄》 시즌2 마지막 에피소드에선 MT를 떠난 멤버들이 저녁 캠프파이어를 하며 멤버들에게 보내는 시를 낭송했다. 태형은 멤버들에게 한 마디를 어록처럼 남겼다.

"그 므시라꼬(그거 뭐라고)." 안무 한 번 틀리는 거 뭐 어떻다고, 다음 생에 돌맹이로 태어나고 싶은 거 뭐 어떻다고, 손키스하고 멘붕 온 거 뭐 어떻다고, 실수 좀 했다고 뭐 어떻다고. "그 므시라꼬." 나중에서야 이 에피소드를 찍었을 때가 해체를 고민했을 정도로 가장 힘들었던 때라는 걸 알게 되었다. 우리 좀 덜 힘들어도 괜찮다, 행복하자는 메시지가 전해졌다.

방탄소년단을 대표하는 색은 보라색. 이는 '보라하다' '보라해'라는 말 때문인데, 2016년 팬미팅에서 태형이 만든 말이다. 방탄소년단 멤버들과 팬들 모두, 서로에 대한 마음을 표현하며 보라색 하트를 쓰기 시작한 것도 이때부터다. 앞으로도 오래오래 순박하고 서정적인 모습 많이 보여주길. 항상 보라해, 우리 태형이.

정국, 전정국

가끔 이 모든 것들이 실재하는 것인가 의심스러울 때가 있다. 언론에선 '최초'의 수식어를 써가며 방탄소년단에 대한 기사를 쏟아내고 세계 각 도시에서 열리는 콘서트는 곧장 매진된다. 잘될까 두려움에 떨었던 열다섯의 연습생이 스무 살 3년차 가수가 되었다. 걸어갈 길에 대한 고민이 머릿속을 지배한 어느 날. 정국은 생각을 정리하려 혼자 홍대 앞을 걸었다. 이미 어둠이 내린 홍대 거리는 버스킹하는 어린 청춘들로 가득했다. 걸음을 옮기는데,

익숙한 노래가 들린다. 저 멀리 〈상남자〉 노래에 맞춰
커버 댄스 공연이 한창이다. 구경하는 사람들 사이에
자리를 잡았다. 여러 가지 마음이 교차했을 것이다.
신기하기도 하고 뿌듯하기도 한, 뭔지 모를 감정. 그때
정국과 눈이 마주친 어린 학생이 놀란 눈을 한다. 쉿.
검지를 입술에 대었다. 지금 공연하는 사람들에게 예의가
아닐 것 같다. 그 어린 학생은 금세 정국의 마음을
이해하고 모르는 척해 준다. 그런 밤이었다.
이날의 정국은 아주 우연히 알려졌다. 〈상남자〉에 맞춰
춤을 춘 댄스팀의 영상이 유튜브에 올라왔는데 공연하고
있는 커버 댄스 팀 뒤로 정국이가 조용히 서 있던 것이
포착되면서였다. 이날의 목격담에 대해 정국은 신기하고
좋았다는 짤막한 감상평만 남겼다. 열다섯에 상경해
고군분투하며 맞이했을 스무 살. 그 시기 홍대를 찾았던
정국이의 마음을 다 이해하고 싶어지는 표정과 말투였다.
정국은 1997년 9월생으로 방탄소년단의 막내다. 부산
출신. 그림을 잘 그리는 형이 한 명 있다. 중학교 때
슈퍼스타K 오디션을 본 적이 있다. 결과는 탈락. 하지만
7개의 기획사가 명함을 건넸고, 그중 빅히트
엔터테인먼트를 선택했다. 당시 연습생이었던 남준이
너무 멋져보였기 때문이라고. 그래서인지 자신을

여기까지 이끈 남준에 대한 존경심을 자주 표현한다.

보컬, 춤, 랩, 작사, 작곡 다 되면서 외모, 운동 능력, 피지컬 뭐 하나 빠지지 않는 정국을 부르는 말은 황금 막내.

흘러가는 구름, 바다, 거리 등을 바라보던 시선을 카메라에 담아 자주 올렸고 한때는 영상 작업에도 푹 빠졌다. 자신의 작업실을 골든 클로짓, 황금 옷장이라고 명명했는데, 여기서 탄생시킨 영상 작업물들은 G.C.F(Golden Closet Film)란 이름으로 업로드했다. G.C.F는 항상 자신을 비롯한 방탄소년단이 주인공이다. 정국의 예명 후보는 씨걸, 이안, 타투. 다행히 선택되진 않았다. 정국이의 약자인 JK는 형들이 정국을 부를 때 자주 쓰는 말. 음식을 좋아하지만 관리에 소홀하지 않는다. 살이 쪘다 싶으면 한 끼도 안 먹기도 한다고. 체력 소모가 심한 콘서트를 끝내고 나서도 다이어트를 해야 한다 생각이 들면 저녁을 과감하게 생략한다. 자신만의 패션 철학도 확고하다. 좋아하는 옷이 있으면 색깔별로 여러 개를 쟁인다. 조거팬츠, 벙거지, 거기에 정국이 늘 들고 다니는 카메라 가방이나 파병가방은 100m 밖에서 봐도 정국임을 확인시켜 준다. 최근에는 개량한복에 빠져 색색으로 구입한 개량한복을 입고 다니기 시작했다. 몸을 드러내는 옷보다 편안한 옷을 선호한다. 향에 민감해

섬유유연제나 향수를 고르는 취향이 까다롭다. 그래서
정국이 좋다고 말하는 제품이 있다면 전 세계 팬들에 의해
그 즉시 품귀현상이 일어난다. 섬유유연제로 추천했던
다우니 어도러블 품절 사태가 대표적인 예. 스케줄이 빨리
끝나면 집에 가서 빨래할 수 있겠다며 좋아할 정도로
깔끔한 편이다.

정국이 제일 좋아하는 음식은 삼겹살. 직접 삼겹살 송을
부르거나 삼겹살을 먹는 영상을 찍어 올리기도 한다. 부산
《매직샵Magic shop》 공연이 끝난 뒤 호텔방에서
레드 와인을 마시며 했던 라이브 방송은 그 어떤 때보다
수다스럽고 귀여운 막둥이의 모습을 선보여 팬들
사이에서 레전드로 회자되는데, 이때 세상에서 제일
맛있는 음식은 삼겹살이며 일주일 내내 먹을 수 있다고,
대한민국에서 태어난 게 자랑스럽고 뿌듯하다고
몇 번이나 강조했다.

사춘기를 지내오며 키와 몸이 자란 것만큼 팬들에 대한
고마움을 표현하는 것도 자랐다. 공연 후 연결하는 라이브
방송 외에도 이동하는 중에 찍은 사진이나 영상들을
팬들에 대한 감사의 표현과 함께 자주 올린다. 아미바라기,
그런 정국을 향해 붙은 말이다. 형들과 팬들이 너무 좋아
토끼 같은 앞니를 꺼내고 히잉- 웃는 막내, 정국이다.

방탄어 사전 #1 반테Vante

포착하고 싶은 풍경과 마주할 때 태형은 카메라를 꺼내든다.
사진이 일회용으로 훅훅 소비되는 시대에 태형은 필름 카메라로,
단 한 장을 잘 찍기 위해 최선의 구도와 대상의 가장 아름다운
형태를 고민한다. 태형은 '덜어냄'의 미학을 극한으로
끌어내는 포토그래퍼 안테 배드짐Ante Badzim의 영향을 받았는데,
자신의 활동명이자 가장 좋아하는 화가 반 고흐의 'V'와 안테
배드짐의 'ante'를 합성하여 직접 찍은 사진 밑에 'photo by
Vante'라고 서명한다.

사이판의 눈부신 햇살을 몸으로 받아들여 후광을 만들어 내는
정국의 등, 비스듬히 서 카메라를 향해 슬쩍 미소 짓는 호석의
표정, 구름의 구도, 호수에 입수한 지민이 표정과 손짓. 물을 많이
섞은 물감으로 옅게 칠한 듯 바랜 색감의 사진들은 내 오랜
기억 같고, 잊지 말아야 할 오늘 같다. 포토 바이 반테의 사진은
모두 한 목소리를 내고 있다. 이 풍경을 사랑한다고.

덕질의 계보

초등학교 다니던 시절, 내가 매일 아침 하는 일은 눈을 비비며 현관 밖으로 나가 대문 밑으로 밀어 넣어진 신문과 우유를 챙겨오는 것이었다. 러닝셔츠 바람에 재떨이를 옆에다 두고 신문의 활자를 읽어 내려가던 아빠의 모습은 내게 어떤 최초의 이미지처럼 각인돼 있다. 나는 학교 갈 준비하라는 엄마나 할머니의 잔소리를 건성으로 들으며 아빠 옆에 앉아 신문 사이에 딸려 온 광고지를 가지고 놀곤 했다. 심각한 표정으로 신문을 읽던 아빠가 신문의 마지막 페이지를 덮으면 드디어 내 차례다. 발을 까딱거리며 두툼한 신문을 뒤로 돌려 제일 뒤 페이지를 펼쳤다. 신문과 우유를 챙겨온 다음으로 이어지는 루틴은 네모 칸 안이 작은 글씨로 채워진 TV 편성표와 그 옆의 '오늘의 주요 프로그램'란을 정독하는 일이었다. 학교에 다녀오면 이걸 보고 그 다음엔 저걸 봐야지, 그 다음에 잠깐 쉬었다가 이걸 보고 자면 되겠다, 그걸 확인 후 학교 갈 채비를 했다. 맞벌이를 했던 부모님이 집을 비운 오후는 온통 내 세상이었다. 아침부터 머릿속으로 부지런히 세운 계획에 맞춰 리모컨을 이리저리 돌리며 만화 주제가로 음악을 배우고 뉴스 자막으로 문장을 배우고 광고로 미술을 배웠다. 텔레비전 속 잘생기고 예쁜 사람들, 밝고 행복한 얼굴들은 평일 오후의 따뜻한 색감에 연동되어 자연스레 동경과 이상으로 자리 잡았다. 바야흐로 덕질의 싹이 움텄던 때다.

몇 해 전, 외할머니 댁에 갔다가 엄마의 예전 앨범을 봤다. 더 어렸을 땐 관심이 없어 스쳐지났던 앨범이다. 하얀 칼라에 까만 투피스 교복을 입은 어린 엄마의 얼굴은 정말 지금의 나와 똑 닮았다. 시골 슈퍼에 심부름을 가면 엄마의 이름으로 나를 부르곤 했던 게 단박에 이해될 정도다. 엄마도 이런 시절이 있었구나. 뭔가 찌르르한 마음으로 몇 장을 더 넘기니 상당 부분이 비어 있다. 아마도 엄마가 결혼할 때 따로 챙겼던 모양이다. 밥 다 됐다는 외할머니의 부름에 앨범을 덮는데, 제일 마지막 장에 작은 증명사진 하나가 들어 있다. 낯이 익은 얼굴이다. 흰 셔츠에 큰 잠자리 안경을 쓴 남자의 흑백 사진. 가수 전영록이다.

"서울을 그렇게 다녔다, 전영록 본다고. 친구들하고 몰려다니며 영화 보고 노래 부르고. 할머니가 허락을 안 해주면 가출해 버리니까, 저 하고 싶은 대로 둬야지 어쨌겠어."

내가 고등학생이던 때, 당시 모 통신사 요금제 이름을 건 공연이 우리 지역의 한 체육관에서 열렸다. 이 공연의 대미를 장식하는 가수는 무려 지오디. 무조건 가야 했다.

"애가 아파서 병원에 좀 보내니 결석 처리해 주세요."

일찍 가지 않으면 좋은 자리에 앉을 수 없었던 선착순 무료입장 공연이라 체육관 앞에서 밤샘을 하겠다는 딸내미를 위해 담임선생님께 전화를 걸어 준 엄마는 나를 직접 콘서트장까지 데려다 주기까지 했다. 같이 밤샐 친구들과 기다리면서 노래 들으라고 포터블 카세트와 건전지, 간식 사 먹으라는 용돈까지 쥐어주면서. 체육관 입구에 내려 주고 쿨하게 떠나는 엄마 차의 뒤꽁무니를 보며 그때의 외할머니 말이 떠올랐다. 흰 칼라의 까만 교복을 입은 엄마가 전영록 사진을 앨범에 소중히 끼워놓는 모습이 어렵지 않게 그려졌다.

그때 만약 엄마가 가지 말라고 말렸거나 혼을 냈다면 나 같은 애는 분명 어느 부분에서 엄마 탓을 했을 거다. '엄마가 그때 못 가게 해서 그래!', '다 엄마 때문이야!' 하지만 단 한 번도 그런 적 없었던 엄마이기에 내 선택에 대한 책임은 오롯이 내 몫이었다. 나쁜 결과는 온통 내 것이 될 테니 성실한 덕질을 할 수밖에 없었다. 그 과정이 지금의 나를 만들었다. 남 탓하지 않는 덕후.

거실 소파에 누워 엄마랑 귤을 까먹으며 야구 중계를 봤다. 예전 유명 선수들은 지금 대부분 감독이나 코치가 되어 있다.

"엄마 저 코치 어디 선수였댔지?"

쓱 질문을 건네면 야구 해설가에 버금가는 정보들이 술술 나온다. 어디 구단에서 어디로 옮겼고, 선수 때도 잘나가질 못했는데 언제 이혼했다더라는 부가 정보까지 덤으로. 엄마는 현재진행형 야구 덕후다. 어떤 방식으로든 내 덕질을 용인해 주었던 덕후이자 덕후였던 엄마. 유전자를 물려줘서 고마워요, 엄마. 안 그랬음 나 세상 궁금한 거 하나 없이 살았을지 몰라.

본격적으로 덕질 유전자가 발현된 건 중학교 때였다. 나는 전교에서 유명한 지오디 팬이었다. 두꺼운 매직으로 지오디 오빠들(수식어는 지금도 여전히 오빠들이다. 당시엔 친구들이 이름을 그냥 부르면 '너보다 나이도 훨씬 많은 사람인데 함부로 이름만 부르면 좋겠어?'하고 따지고 들었다. 실로 대단한 사춘기였다)의 이름을 문신처럼 새긴 체육복을 교복 대신 입고 다녔고, 오빠들의 얼굴이 두서없이 붙은 필통은 하드보드지를 직접 잘라 만든 것으로 항상 성화 봉송하듯 들고 다녔다. 오빠들의 얼굴을 담은 동그란 배지는 환 공포증을 가지고 있는 사람이라면 쳐다볼 수도 없을 정도로 빼곡하게 책가방에 달고 다녔으며, 실내화며 교과서며 사물함엔 모두 지오디와 관련된 것들이 붙어 있거나 쓰여 있었다. 사실 기물 파손에 가깝지만 책상에 지오디 이름을 크게 파놓고 하얀 수정펜으로 여기저기 낙서를 해놓기도 했다. 전학 온 친구에게 다른 인적사항보다도 먼저 "너 지오디 좋아해?"라고 눈을 반짝이며 묻기도 했다.

다른 가수를 좋아하는 친구들과 각각 다른 잡지를 사와 오빠들의 화보를 나누는 것은 한 달에 한 번 있는 중요한 이벤트였다. 그렇게 자른 화보를 책상 위에 고이 올려두고 자리를 비웠는데, 대청소 시간에 반 남자 아이들이 장난을 친다고 그 종이를 창밖으로 던져버린 적이 있었다. 선생님의 심부름을 마치고 반에 돌아왔더니 남자 아이들이 너네 오빠밖에 떨어졌다고 하는 것이다. 묵직한 무엇이 발등으로 툭 떨어진 느낌과 동시에 심장이라는 장기가 어디쯤 존재하는지 처음으로 인지했다. 창밖 화단으로 우리 오빠의 얼굴이 떨어졌다는 것만으로 오빠에게 너무 미안해서 어쩔 줄을 몰랐던, 아마 그 비슷한 감정이었던 것 같다. 단순한 장난으로 여겼던 아이들은 세상이 무너져라 통곡을 하는 나를 보고 엄청 당황해 했다. 장난을 주도했던 몇몇이 식겁한 얼굴로 뛰어나가 떨어진 화보를 주워왔지만, 나는 하굣길 내내 울음을 그치지 못했다. 반 친구들이 지오디란 이름으로 내게 장난을 치지 않게 된 것도, 진심으로 나를 '리스펙'하게 된 것도 그쯤이었다.

내가 장래희망 란에 '기자'라고 써 놓게 된 것도 이때부터다. 나같이 평범한 애가 오빠들을 만날 수 있는 가능성은 0에 수렴하지만, 내가 연예부 기자가 된다면 만날 가능성이 적어도 1%는 되지 않을까. 게다가 오빠들에 대해 우호적인 기사를 써줄 수 있는 힘도 가질 수 있지 않은가. 그맘때 나는 학원에도 다니지 않아 덕질할 시간이 아주 많았다. 공부를 더 열심히 하겠다는 핑계로 엄마를 졸라 PC통신이 가능한 컴퓨터도 샀다. 시간도 있고 무기도 생긴 열다섯의 어린 덕질엔 거칠 것이 없었다. 딱 하나, 가난한 주머니 사정만 빼고.

"엄마 있지……."

"왜 또! 용돈 필요해?"

몇 번이고 말을 골라 겨우 운을 뗐지만 역시나 엄마는 단박에 알아차렸다. 가로로 길어진 눈살이 내 의중을 정확하게 꿰뚫어 보는 것 같았다.

"그게……, 팬클럽 모집을 한대잖아. 엄마 나 용돈, 만 오천 원만 주면 안 될까? 가입비가 만 오천 원이야."

문제집을 산다든가 준비물이 필요하다든가 하는 불필요한 거짓말은 필요 없었다. 엄마는 내게 돈을 주며 이번 기말고사에 반에서 5등 안에 들어야 한다는 조건을 내걸었다. 그

조건을 충족하지 않으면 다음의 지오디는 없다는 거였다. 단박에 약속했다. 자신이 있어서가 아니라 급해서였다. 입금 마감일인 오늘, 얼른 은행에 가서 무통장 입금을 해야 했다.

어떻게든 성적을 유지했다. 그래야지 다음 단계의 덕질이 가능했기 때문이다. 그 시절 나는 지오디를 매개로 한 '딜'에 익숙해져 있었다. 내 가능성을 내어주고 그에 상응하는 돈을 받는 일. 어린 내가 할 수 있는 건 고작 앞으로 잘하겠다는 불확실한 가능성에 기대는 것뿐이었다. 지오디와 성적. 말하자면 엄마와 나의 등가교환. 그런 거였다.

팬클럽에 가입하는 것만으로 끝나면 얼마나 좋을까. 듣는 용도와 보관 용도를 구분해야 했기에 CD와 카세트테이프는 여러 장이 필요했고, 그 어린 감수성을 자극하는 제본판 팬픽(팬 픽션)은 구입 기간이 정해져 있었기 때문에 작가 공지가 뜨면 입금 날짜만 기다렸다. 콘서트와 팬 미팅은 항상 서울에서 열렸기 때문에 티켓 비용뿐 아니라 차비와 식비가 추가로 들었고, 오빠들이 한 페이지라도 실린 연예 잡지는 포스터까지 가져야만 했다. 오빠들이 모델로 광고를 찍은 과자를 우선순위로 골랐고(네모난 종이 곽에 든 과자는 일반 봉지 과자에 비해 훨씬 비싼 편이었다) 학교 근처 이름 없는 교복집에서 한 치수 크게 맞춘 교복은 오빠들이 광고하는 브랜드 교복으로 바꿔야만 했다(안 그래도 다른 애들에 비해 어정쩡한 오버핏으로 맞춘 교복은 늘 눈엣가시였다). 최종 보스는 방송국 스튜디오 현장이나 공연을 몰래 녹화해 판매하는 VHS 비디오테이프 세트였다. 불법인 줄 알면서도 그랬다. 양심은 오빠들의 숨겨진 모습을 볼 수 있다는 달콤함으로 쉬이 변질되었다. 이 모든 행위는 단순히 구매만을 위한 충동이 아니었다. 오빠들과 항상 닿아 있고 싶던 거국적인 마음의 발현이었던 거다.

용돈으로는 한계가 있었다. 나는 거짓말을 잘 못했고, 성적이 올라 봤자 대가는 비슷했다. 그 사이 사고 싶었던 MD의 입금 기간은 속절없이 끝나 버렸고, 가지 못한 음악방송 후기는 늘 성대했다. 그 후기 속 팬들은 항상 오빠들과 교감을 하고 있는 것만 같았다. 내가 갔으면 내가 경험했을, 내가 샀으면 내가 간직했을 그 모든 순간들. 이런 좌절의 축적은 어른이 되고 싶게 만들었다. 엄마한테 앓는 소리를 하지 않아도, 계좌번호를 받아 적어 놓고 몇 번이고 고민을 하다가 결국 종이를 구겨 버리지 않아도 되는 그런 어른.

내 시간은 적당히 방향을 헤매며 흘렀다. 글쎄, 나이가 큰 짐처럼 여겨진 건 언제부터였을까? 너무 늦어버린 것 같고, 아무것도 한 게 없는 것 같고, 모은 건 더 없는 것 같고, 남들보다 한참 늦어버린 것 같아진 게. 이 익숙해지지 않은 나이로 대체 언제 돌입해 버린 것일까?

　나는 두 가지 의미로서 늦덕이다. 방탄소년단이 데뷔한 지 4년차가 되어서야 덕질을 시작했단 의미에서의 늦덕, 멤버 중 제일 맏형인 석진이보다도 n살이 더 많다는 의미에서의 늦덕. 첫 번째 의미로서의 늦음은 여전히 후회 중이다. 어린 나이와 앳된 외모 덕에 방탄손주단으로 불렸던 그 시절부터 덕질을 했으면 내 일상은 좀 더 의미를 많이 가졌을 테니. 처음 보는 영상을 발견하거나 초창기의 모습에 대해 서로 공감하는 멤버들과 팬들의 낯선 이야기를 듣거나 하면 그렇게 아쉽고 서러울 수가 없다. 하지만 두 번째 의미로서의 늦음은 다행이다. 누구의 허락이 필요 없고, 예전보다 훨씬 풍요로워졌기 때문이다.

　넘치는 인기와 비례하게 방탄소년단을 소비하는 품목은 다양하다. 《본 보야지》나 《달려라 방탄》의 비하인드 영상은 별도의 결제를 해야 관람이 가능하다. 《번 더 스테이지Burn the Stage》는 유튜브 프리미엄 공개 이후 정식 영화로 개봉했고, 이후 2018년 《Love yourself》 콘서트 실황을 다룬 《Love yourself in Seoul》과 《Love yourself》 월드 투어 뒷이야기를 담은 《브링 더 소울Bring the soul》이 연이어 개봉했다. 멤버 각자가 참여한 BT21 캐릭터는 인형, 잠옷, 휴대폰 케이스 등 다양한 품목들이 되어 활짝 열릴 지갑을 기다리고 있다. 표지 디자인과 이미지를 달리한 여러 버전의 앨범과 전시회, 아미밤과 프리미엄 포토를 비롯한 공식 MD상품에 고퀄리티 홈마(홈마스터의 줄임말. 연예인의 사진과 동영상을 촬영하여 자신의 홈페이지에 올리는 사람)가 내놓는 슬로건 및 비공식 상품들까지. 콜라 병엔 멤버들의 얼굴이 하나씩 담겨 있고, 면세점과 차량, 은행에도 멤버들의 얼굴이 있다.

그때의 CD와 카세트테이프, 교복, VHS 비디오테이프에서 달라진 건 오직, '가입하겠습니까?' '예', '이체하겠습니까?' '예'를 클릭하는 나 하나다. 1초의 클릭을 위해 엄마를 찾아가기 전에 몇 번이고 심호흡을 할 필요가 없어진 나 하나. 엄마한테 허락 맡지 않아도 되는 것, 그거 말곤 달라진 게 없는데 그 문장이 실로 크다. 늘 버겁고 속절없기만 했던 내 나이가 처음으로 고마워졌기 때문이다. 기분전환으로 앨범을 사고 유료 영상을 무제한으로 보고 MD도 원하는 만큼 골라 담을 수 있다. 늦덕으로 기꺼이 소비할 수 있어 다행이다.

하나를 얻기 위해 하나를 포기해야만 했던 등가 교환의 어린 학생은 "보조배터리, 텀블러, 쿠션, 모니터 피규어, 충전 케이블, 모자, 양말, 풍선. 봉투 값까지 다 포함해서 총 30만 원입니다. 할부 필요하세요?" 하는 물음에 "할부 괜찮습니다. 근데 봉투는 어떤 게 있어요?" 하고 묻고는 망이와 타타 중 고민 끝에 타타로 고른 뒤 신용카드 결제를 마치는 어른 덕후가 되었다. 내 나이의 경제력이 내 지금의 덕질을 이롭게 한다. 나이 정말 잘 들었다.

올해 초, 팬카페에서 팬들과 채팅을 하던 정국이 빨래할 땐 좋은 향이 중요하다며 섬유유연제 다우니 어도러블을 추천했다. 이른 퇴근길에 마트에 들러 사려고 했더니 품절로 구경도 못 해봤다. 덕질엔 어린 체력도, 여문 경제력도 아닌 속도가 생명인 걸까. 정작 추천한 정국이도 구경을 못 하게 만든 스피디한 아미의 화력에 찬사를 보낸다.

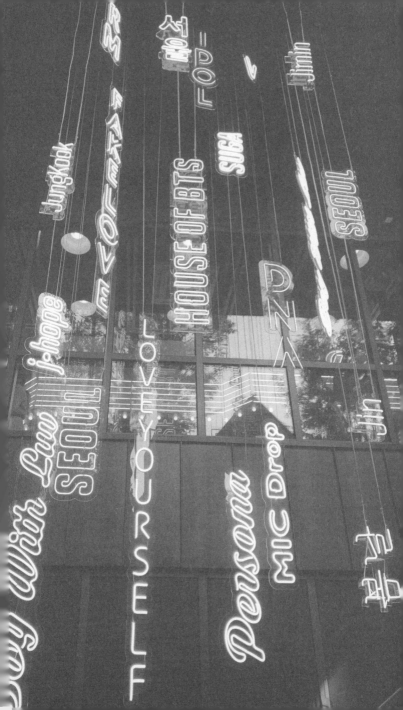

방탄어 사전 #2 남투리

전라도와 경상도를 가로지르는 방탄소년단. 7명 멤버들의
고향은 일산, 과천, 대구, 거창, 부산, 광주로 서울 출신인 멤버가
한 명도 없다. 7명 중 5명이 전라도와 경상도 사투리를 쓴다.
서울 생활을 오래 해도 말투 바꾸기는 쉽지가 않아 조금 풀어지는
자리가 되면 언제든 사투리 억양이 툭 튀어 나오고 만다.
사투리가 꼭 고쳐야만 하는 병은 아니지 않는가. 방탄소년단은
이런 자신들의 특징을 음악적으로 승화시키기도 한다.
〈팔도강산〉에선 '내카모 고향이 대구 아입니꺼 그캐서 오늘은
사투리 랩으로 머시마 가시나 신경 쓰지 말고 한번 놀아봅시더'
'거시기 여러분 모두 안녕들 하셨지라 오메 뭐시여 요 물땜시
랩 하것띠야' 하며 사투리로 찰지에 랩을 주고받고(태형이
방탄소년단 멤버가 되고 싶다고 생각을 했던 게, 이 〈팔도강산〉을
들었을 때라고 한다), 〈Ma city〉에선 광주라서, 대구라서 얼마나
좋은지 대놓고 자랑한다. '나 전라남도 광주 baby 내 발걸음이
산으로 간대도 무등산 정상에 매일 매일 (…) 나 KIA 넣고
시동 걸어 미친 듯이 bounce' '매 앨범마다 대구 얘기를 해도
지겹지도 않나 봐 생각을 할 수도 있지만 I'm a D boy 그래
난 D boy'
이러다 보니 일산이 고향인 남준이 사투리가 묻어나는 말투를

쓰는 것도 이상한 일이 아니다. 하루 종일 붙어 있는 멤버들 대부분이 사투리를 쓰니 전염되지 않을 도리가 없다. 그러나 경상도도 전라도도 표준어도 아닌 것이, 동서 대화합을 일으키는 어정쩡한 사투리. 그리하여 남준의 말투는 일명 남투리(남준+사투리)라 불린다.

"마 옥수로 떨리네예" "음료는 안 시켜도 되나?" "마 습습하네" 경상도 사투리이기도 하다가, "저는 요리를 모다기 때문에 무섭습니다." "시작을 모다겠네" "제 말이 그래 빨랐나요?" 전라도 사투리가 되기도 한다. 'ㅎ'은 곧잘 'ㄷ'이 되고, 'ㅑ'는 'ㅣ'가 되어버린다. 남투리는 서로가 서로에게 영향을 주고받는 방탄소년단의 관계성을 보여주는 예시다.

덕후가 된 후 생긴 단계별 증상

1단계. 불면

사람을 카테고리화하여 분류하는 방법은 여러 가지가 있겠지만 나는 이렇게 나눈다. '잘 자는 사람'과 '잘 못 자는 사람'.

나는 너무도 명백하게 전자였다. 베개에 머리를 대면 수분 안에 잠이 드는 사람이었다. 상사가 모는 차 조수석에 타 있는 어색한 상황에서도 졸지 않기 위해 몰래 허벅지를 꼬집어야 했고, 장거리 비행은 오래 잘 수 있어 오케이 땡큐였다. 몇 해 전, 수고한 나를 위해 뉴욕 왕복 비행기 티켓을 비즈니스 클래스로 끊었던 적이 있는데, 깨지도 않고 쭉 자느라 기내식도 먹지 못했다. 미리 메뉴까지 주문해 놓고 이 사치를 충분히 누리리라 했는데, 잠깐 자고 일어났더니 도착 30분 전이었다. 얼마나 허망하고 황망했던지. 잘 잤던 일화를 꼽으려면 셀 수도 없다. 회사에서 부서별로 몇몇을 뽑아 일본 문화 탐방(이라고 쓰고 여행이라고 읽는)을 보내준 적이 있었는데, 그때 같이 방을 쓴 타부서 언니가 내 수면을 실제로 보고 혀를 내둘렀을 정도다. 호텔 방에 돌아와 씻고 나선 "언니 저 졸려요. 금방 잘 것 같아요." 하더니 정말 '금방' 자더라고. 친구들은 내게 밤에 연락하지 않는다. 어차피 연락해 봐야 자느라 연락이 닿지 않을 게 뻔하니까.

졸리면 자고 깨면 일어나는, 단순하고 솔직한 수면 패턴을 가진 나는 불면이라는 건 소설 속에서만 존재하는 단어인 줄 알았다. 그리고 역시 이 모든 걸 과거형으로 진술하고 있는 데에는, 지금은 '잘 못 자는 사람'으로 카테고리를 옮겨와 버렸기 때문이다. 10시쯤 잠이 들면 새벽 두세 시쯤 깨어 말똥말똥한 눈을 빛내다 겨우 한두 시간 더 눈을 붙인 뒤 때꾼한 눈을 비비며 출근을 하거나, 아예 새벽을 고스란히 멍하게 보내버린 때도 있다. 수험생 때도 잠을 이기지 못해 남들 다 하는 밤샘 공부 한 번 해보지 못했던 내가 잠에 들기 위해 무진 노력을 해야 하는 사람이 되어 버렸다.

'잘 잤던' 내가 '못 자는' 나로 변해 버린 건, 잘 수 없게 만드는, '신경 쓰이는 것들' 때문이다. 몇 가지의 (어려운) 질문에 답을 해야만 가입을 할 수 있는 방탄소년단 공식 카페는 RT로 무한정 뻗어 나갈 수 있는 개방적 트위터보다 멤버들이 좀 더 진솔한 이야기를 꺼내 놓는 공간이다. 이 공식 카페에 멤버들이 글을 올리면 알람이 울리게 설정해 놨다. 댓글은 9,999개까지만 달 수 있어 알람이 울리자마자 글을 확인하고 댓글을 달아야 하기 때문이다. 해외 일정이 있거나 새벽까지 녹음을 하는 스케줄 덕에 글이 올라오는 시간은 들쑥날쑥. 그래서 항상 무음이었던 핸드폰 설정 습관을 정확히 반대로 바꿔야만 했다. 공식 카페나 트위터, 위버스, 브이앱 등 멤버들의 새 소식이 올라오면 언제든 바로 확인할 수 있도록 음량은 항상 최대다.

알람은 아주 일부다. 업무 시간 동안 차곡차곡 저장을 눌러 놓았던 영상이 기다리고 있다. 자체 예능은 물론, 데뷔 초창기 출연했던 라디오 방송본이나 드라마 패러디 영상, DVD로 제작된 《썸머 패키지》나 《메모리즈》, 《콘서트 코멘터리》 등 아직도 볼 게 너무 많아서 자는 시간을 줄일 수밖에 없다. 하품을 해 가면서도 '이거 하나만 더 봐야지' 하다 보면 어느새 커튼 새로 밝은 빛이 새어 들어오기가 몇 날 며칠. 눈도 뻐근하고 피곤하지만 어쩌겠는가. 이미 내일이 된 오늘, 이대로 출근하면 집중하지 못하고 졸 게 분명하다. 하지만 오늘 퇴근 후에도 같은 루틴이 반복될 것도 분명하다. 잠은 초저녁이 되어서야 달아나 버릴 테니.

사람을 분류하는 방법은 여러 가지가 있겠지만 나는 이렇게 또 한 번 나눠보고 싶다. '눈이 좋은 사람'과 '눈이 나쁜 사람'으로. 양쪽 눈 시력 1.5를 자랑하는 나는 최근 역시나 소설 속에서만 존재하는 줄 알았던 시력 저하를 얻었다.

불면에 시력 저하, 안구 건조증은 하나의 세트로 달라붙었다. 이로 인해 내가 성취하지 않은 것들에 대한 자부심을 내려놓았다. 이제 잘 못 자고, 눈이 흐릿한 사람들의 어려움에 공감한다. 내일은 3n살 인생 처음으로 약국에 인공눈물을 사러 갈 예정이다.

2단계. 손목 터널 증후군

마우스를 쥔 손목이 또 시큰거린다. 손목을 털고 몇 바퀴 돌리는 스트레칭을 했다. 뚝, 소리가 났다. 겸사겸사 빳빳한 목도 스트레칭했다. 화장실을 다녀올 때를 제외하곤 하루 종일 컴퓨터 앞에 앉아 있다. 전화보단 문자로, 말보단 클릭으로, 면대면보단 메일 위주로 업무를 처리하는 7년 차 회사원의 손목. 키보드를 누르다가도 한 번, 업무 지시를 받아 적으면서도 한 번, 커피를 마시다가도 한 번 돌려 줘야 한다.

　손목 터널 증후군을 검색했다.

　손목 터널 증후군 자가 진단 :

　1. 양쪽 손목을 손등이 마주한 상태로 맞댄 후 30초 정도 유지할 때 찌릿찌릿한 통증이 발생한다.

　2. 손목관절이 있는 부위를 엄지로 꾹 눌렀을 때 통증이나 저림 증상이 나타난다.

3. 엄지손가락의 감각이 무뎌진다.

4. 손목 통증이나 저림 증상이 밤이 되면 더 심해진다.

맞는 것 같아, 그런 것 같아. 4번에는 밑줄 좌악.

손목 터널 증후군의 일반적인 증상 : 손을 반복적으로 사용할 때나, 손목 관절을 장시간 굽히거나 편 상태로 유지할 경우 통증과 감각장애가 심해진다. 증상이 지속되면서 엄지두덩 근육이 위축된다. 손이 무감각해지고 손을 꽉 쥐려고 하면 때때로 타는 듯한 통증을 느낀다.

증상이 발생하는 원인 :

1. 부정 유합된 원위 요골 골절, 감염이나 외상으로 인한 부종이 있을 경우

2. 반복적 가사노동에 의한 경우

3. 컴퓨터 및 스마트폰 사용으로 손목에 지나친 부담을 준 경우

4. 손목 부위의 골절이나 탈구로 수근관이 좁아져서 신경이 눌리는 경우

5. 감염이나 류머티스 관절염, 통풍 등 활액막염을 초래하는 질환의 합병증으로 인한 경우

자가 진단과 원인을 합하니 확실해졌다. 낮에는 컴퓨터가 먹통이면 아예 일을 할 수 없는 회사원으로, 밤에는 배터리 방전으로 하루에 3번 정도는 핸드폰을 충전해야 하는 덕후로 손목이 온전하길 기대하긴 어렵다는 것.

업무 시간이 지나면 본격적인 덕질의 시간이다. 퇴근하자마자 짐 던져두고 씻은 다음 핸드폰 잡고 침대에 눕는다. 노트북 화면이 훨씬 크지만 그만큼 뭔가 멀게 느껴져 작은 화면이라도 이리저리 같이 움직이며 가까이 볼 수 있는 핸드폰이 좋다. 트위터와 공식 카페를 가볍게 훑고 나면 영상이다. 핸드폰을 협탁에 세워 두고 자세를 고쳐 보지만 손으로 들고 있을 때만큼의 알맞은 각도가 나오지 않는다. 배 위에 타타 쿠션을 올려 두고 그 위에 손목을 기댄다. 그나마 덜 무리가 가는 포즈다.

병원에는 가지 않는다. "무조건 쉬어야 낫습니다." 너무나 당연한 답을 내놓는 의사. "그럼 그냥 평생 아프고 말래요" 당연하게 맞서는 나. 이미지가 훤히 그려진다. 불면에 시력 저하, 안구건조증, 거기에 손목 터널 증후군까지. 차근차근 얻고 있다. 덕후의 영예를.

3단계. 단기 기억상실증

《Love yourself in Seoul》 콘서트 실황 영화를 꼭 열 번째

보고 나온 날이었다. 설 연휴를 앞두고 미리 많이 봐 두어야
해서 세 차례 연달아 예매해서 본 날이었다. 싱어롱 관에서
땀 쭉 빼며(같은 관에서 계속 상영을 하고 있어서 회차가 늘어날수록
상영관이 점점 더워졌다) 소리 높여 노래를 부르고 나왔다. 밤늦
은 시간이 되었지만 하나도 피곤하지 않다. 주차장에서 차
를 빼기 전, 다시 영화 시간표를 체크했다. 연휴 끝 무렵 날
짜의 《Love yourself in Seoul》를 다시 예매했다. 방탄소년
단 노래를 크게 틀고 기분 좋게 주차장을 출발했다. 차단기
앞에 정차해 세 장의 영화표를 꺼내 직원에게 보여주었다.

"일행이 같은 영화를 보고 나서 한꺼번에 티켓을 내면 주
차 적용이 안 돼요."

제목이 같은 티켓이라 다 다른 회차라는 걸 확인하지 않
은 거였다.

"저 혼자 같은 영화를 여러 번 본 거예요. 시간 보시면 다
다른데."

다시 티켓을 확인하곤 차단기가 열린다. "얼마나 재밌으
면 세 번이나 봤어요?" 하는 웃음과 함께.

《Love yourself in Seoul》가 개봉한 뒤, 매일 퇴근 후 영
화관에 도장을 찍었다. 주말엔 연달아 예매해 봤다. 퇴근 후
에 해야 할 명확한 할일이 있어 출근하는 것이 기대가 될 정
도였다.

"또 봐도 재밌어?"

"그게, 보고 나면 뭘 봤는지 완전히 잊어버려요."

영화를 열 번 볼 수 있었던 건 매번 같은 장면에 매번 똑같이 소리를 지르고, 매번 같은 도입부에 매번 심장을 부여잡을 수 있었기 때문이다. 마치 처음 보는 것처럼. 모든 순서는 머리에 입력되어 있고, 노래에 맞춰 따라 불러야 하는 응원법은 그 정확성이 컴퓨터 수준이지만 무대에 오르는 이 멤버들에겐 도저히 적응이 되질 않는다. 호석이 본인의 솔로곡인 〈Just dance〉를 부를 때, 후렴으로 넘어가는 구간에 무표정하게 얼굴을 굳힌 뒤 흰 슈트를 휘날리며 격렬하게 춤을 추기 시작한다거나, 태형이 〈Singularity〉를 부르며 턱을 잡을 때 씩 웃는 잘생긴 옆모습이 클로즈업 된다거나 하면 '어쩜 저럴 수가 있지' 하며 매번 입을 틀어막는다.

남준이 〈Love〉를 부를 때 'you make live to a love, live to a love'의 가사 끝 음을 섹시하게 빼는 부분과 윤기의 솔로곡 〈Seesaw〉 첫 등장 때 소파에 누워 눈을 감은 채 노래를 시작하는 부분엔 싱어롱 관에서 매번 제일 크게 소리를 지른다. 정국과 석진, 지민의 솔로곡은 처음부터 끝까지 그냥 넋을 놓고 있다. 스크린 X관의 3면에 불쑥불쑥 멤버들의 얼굴이 클로즈업되어서 나오면 이리저리 고개를 돌리느라 정신이 없다. 이쯤 되면 왼쪽에 정국이 나오고, 그 다음 태형이 나오고 하는 순서를 아예 외우지 못해서 그랬다. 마냥 입을 헤 벌린 채 항상 넋을 놓아서다.

매번 새롭다. 매 무대를 또 봐도 재밌고 이미 봤던 영상을 또 봐도 재밌다. 아니, 다시 보기 때문에 더 재밌다. 상대적으로 앞에 나와 있는 멤버에 집중해 봤던 첫 번째와 다르게 다시 보면 다른 것들까지 보이기 때문이다. 앞에서 열심히 음식을 만들고 있는 멤버들 뒤에서 조용히 장난을 치고 있는 태형이, 화면 끄트머리에서 슬쩍 개그를 던졌다가 다들 알아차리지 못해 귀가 빨개져선 머쓱하게 웃고 있는 석진이. 처음엔 왼쪽만 집중해서 본다. 다시 볼 땐 오른쪽을 더 집중해 본다. 그렇게 보고 나면 다시 세 번째 클릭이 필수다. 그 모든 것을 종합한 분위기를 볼 수 있기 때문이다. 그리고 또 다시 본다. 네 번째 클릭해서도 똑같은 곳에서 또 웃고 똑같은 곳에서 또 멈출 거다. 도저히 각인이 되지 않는다.

벌써 다 잊어버린 것 같다. 방탄소년단 한정, 나는 비상한 기억력과 단기 기억상실증이 공존하는 두 개의 뇌를 지녔다.

4단계. 환청과 착시

증상은 아주 단순하다.

"…정국이 어지러워지겠지." 뉴스를 보며 대화를 나누는 선배들 틈에서 "네? 정국이가 왜요? 아, 아니구나, 전 또 방탄소년단 정국인 줄." 하고, "내일 비 온다고 하지 않았어?" 하는 흘러가는 말에 "네 뷔요?" 하고, 정말 아무 연관 없는 기사에 "어? 아니네. 난 또 방탄소년단 콘서트 한다고." 해 버린다. 요즘 다이어트 방법 중 유행이라는 '방탄 커피'는 이름만 봐도, 이런저런 검색 끝에 걸리는 방콕의 지상철 BTS에도 흠칫 놀란다. 모든 글자가 방탄소년단 같고, 모든 사람이 방탄소년단에 대해 얘기하고 있는 것 같다. 내 모든 레이다망이 환청과 착시로 교란되고 있다. 아니, 그냥 다 방탄소년단 같은 걸 어떡해.

5단계. 무모한 용기

귀를 뚫었다. 3n년 만에 처음으로. 뚫은 귀가 막힌 것도 아닌, 내 나이에 생生 귀는 정말 오랜만에 본다며 천연기념물 소리를 들었다. 하긴 초등학생들도 귀를 뚫는 시대니까. 귀를 뚫고 눈을 떴더니 '왜 불을 껐어요?' 했다는 도시 괴담 같은 게 은근히 신경 쓰이는 데다가, 한번 귀를 뚫으면 원래의 모습으로 돌아올 수 없다는 게 영 께름칙하기도 했다. (사실은 엄청 아플까 봐 귀를 못 뚫었다.) 귀를 뚫겠다는 생각조차 해본 적 없이 지내던 내가 갑자기, 급작스레, 충동적으로 '귀 뚫어 드립니다' 현판에 액세서리 전문점 문을 열고 들어간 건,

역시 (짐작대로) 방탄소년단 때문이다. 멤버들 다 액세서리를 좋아해서 귀걸이나 반지, 목걸이 등을 즐겨하는 데다가, 한정된 예산으로 서로를 위한 우정의 징표를 사라는 《본 보야지》 미션에 곧잘 액세서리를 고르곤 하던 모습이 어딘가에 계속 남아 있었다. 유치하지만, 따라하고 싶었다. 귓불을 만질 때 느껴지는 귀걸이가 멤버들과 같거나 비슷한 거라면 뭔가 닿아 있는 듯한 느낌이 들 것도 같았다. 그 자극 하나가 3n년 간 나 자신을 포함해 그 아무도 설득하지 못했던 걸음을 하게 했다. 몇 초도 안 되는 순간에 귀는 작은 진주알을 끼워냈다. 약간 뒤늦게 목을 타고 주르륵 피가 흘러 당황했지만 면봉에 후시딘을 묻혀 지혈하니 금세 멈췄다. 일주일간은 강제 금주를 해야 하고 아직은 이물감이 어색해 거울에 귀를 자꾸 비춰 보이게 되지만, 해묵은 과제 하나를 해치운 후련함이 생겼다. 자극에 약하고 용기에 강한 덕후. 앞으로 내 귀에 걸릴 여러 귀걸이는 방탄소년단이 내게 건네어 준 것이 될 것이다. 평생.

6단계. 도끼병

《Love yourself in Seoul》을 또 봤다. 〈Magic Shop〉 노래가 배경으로 깔리고, 까만 화면에 스크롤이 올라간다. 벌써 두 시간이 흐른 거다. 오늘도 실컷 뛰고 목청껏 따라 불렀다.

이 공연을 위해 많은 노력을 했을 멤버들의 연습 영상을 두 손 모아 눈에 담았다. 늘 그렇듯, 팬들에게 감사하다는 마지막 문구까지 보고 나서야 불 켜진 상영관을 나왔다. 환기가 잘 되지 않는 곳이라 목이 큼큼하다. 기분 좋은 후유증이다. 콜라 컵을 쓰레기통에 버리고 가방을 뒤지는데 MP3가 잡히지 않는다. 짐을 줄인다고 파우치를 차 안에 놓고 내렸는데 그 안에 MP3를 넣어 놓은 걸 깜빡했다. 어쩔 수 없지 뭐. 영화가 막 끝났는지 다른 상영관에서 우루루 쏟아져 나오는 사람들 틈에 꼈다. 몇 번 에스컬레이터를 갈아타며 로비로 향하면서 다른 영화를 보고 나온 사람들, 다음 회차를 예매한 사람들, 팝콘을 구매하는 사람들 사이에 어지럽게 섞였다. 그 무수한 현실 소음에 혼미해졌다.

《Love yourself in Seoul》이 나 하나만을 위한 공연이 아니었음에도 공연을 보는 동안 나는 주인공이었다. 방금 전까지 나는 어둠이 내려앉은 상영관에서 커다란 스크린에 가득 찬 멤버들과 일대일로 눈을 맞추는 사람이었다. 내가 나인 게 싫은 날 마음속에 문을 하나 만들어 들어오면 그곳에서 기다려 주겠다는 가사는 나를 위해 불러 주는 것이었고, 내 실수로 생긴 흉터까지 다 내 별자리라며 위로하는 가사 역시 온전히 내 것이었다. 그렇게 나는 특별한 사람이었다. 그러나 이 로비에 서 있는 나는 이 무수한 사람들 중 특징이 하나도 없는, 그저 스쳐 지나가는 이름 없는 1인이 되었다. 이 간극에 소름이 돋을 것 같았다. 걸음을 빨리해 얼른 주차장으로 향했다. 차 안으로 들어오자마자 바로 노래를 틀었다. 마침 태형이가 선보인 자작곡 〈풍경〉이 흐르기 시작했다. '꽃들이 가득한 거리에 오늘도 그대를 보네요 내 안에 담겨질까요' 뽀득뽀득 흰 눈을 밟는 효과음을 지나 태형이의 서정적인 저음이 차 안을 가득 채웠다. 이 〈풍경〉의 주인공이 팬들이라고 했던 태형이었다. '새벽 달이 지난 공원에 지금 내 감정을 담아요 이 노랜 그댈 향해요'. 엑스트라였던 나는 다시 가장 존재감이 뚜렷한 배역으로 변모했다.

어떤 일이 있건 항상 팬들을 찾는 멤버들이다. 첫 대상을 받고 제일 먼저 한 건 팬들에게 감사하다는 인사를 건넨 라이브 방송이었다. 빌보드 시상식에서 수상을 하고 나서도 마찬가지였다. 시상식 후 열리는 뒤풀이에 참석하지 않고 본인들끼리 소소하게 샴페인을 나눠 마실 예정이라며 호텔 방으로 돌아와 라이브 방송을 켰다. 언제 어디서나 팬들이다. 이젠 팬들조차 가늠이 안 될 정도로 많은 인기를 전 세계적으로 얻고 있기에 방탄소년단이 점점 멀어지는 것 같다는 소심한 불평을 할 때도 멀어져 간다면 더 열심히 다가가겠다고 한다. 정국은 어느 인터뷰에서 보고 싶을 땐 언제든 와도 되고, 가고 싶을 때 언제든 떠나도 괜찮다며, 그럼에도 자신은 항상 그 자리에 있다는 것만 기억해 달라고 말했다. 그래서 나는 정말 없어선 안 될 존재가 되었다. 우리 멤버들의 진가를 알아차린 위대한 사람이라는 생각도 든다. 도취, 나는 방탄소년단 덕에 가장 센 증상, 도끼병까지 얻었다.

이 모든 증상이 완화될 일은 아마도 없을 듯하다. 그러니 증상을 기쁘게 받아들이고 적응해 나간다. 원래 모든 사랑엔 고통이 따르는 법이다. 잠 좀 못 자고, 매번 같은 걸 보고, 손목이 좀 아프고, 잘못 보고 잘못 듣고, 대단하게 착각하며 산들 어떤가. 이 모든 게 방탄소년단 때문이라는 것이 이렇게나 행복한데. 거 봐, 맞잖아. 나 확실히 특별한 사람이라고.

방탄어 사전 #3 보라해 / 보라하다

방탄소년단 팬클럽 응원봉인 '아미밤'에 보라색 비닐을 씌운
이벤트에서 발광하는 보라색 물결을 보고 태형은 "무지개의
마지막 색이 보라색인 것처럼 오랫동안 서로 사랑하자"며
"보라하다"라는 말을 처음 썼다. 그때부터 "보라하다"는
방탄소년단과 팬들만의 특별한 언어가 되었다.

2018《Love yourself》유럽 투어의 마지막 도시인 파리. 태형의
컨디션이 좋지 않았다. 이전 도시 베를린에서 이미 기침하는
목소리가 심상치 않았는데, 파리로 넘어오자마자 컨디션 난조가
더욱 심해졌다. 목소리는 쉰 지 오래. 게다가 고음은 전혀
올라가지 않는다. 어지럽고 죽을 것 같지만 무대에 섰다. 저음
부분의 파트는 그럭저럭 넘어갔으나 보컬곡인 〈전하지 못한
진심〉의 고음은 완전히 부르지 못했다. 태형의 파트는 팬들의
목소리가 메웠다. 태형이 말했다. 혹시 여기 콘서트를 처음 온
분들이 있냐고. 많은 팬들이 손을 들었다. 높이 솟아오른 수많은
손을 훑어본 태형이 말했다. 꼭 약속하겠다고, 더 멋있어져서
내년에 꼭 다시 돌아오겠다고. 그리고 이렇게 덧붙였다.
어제보다 더, 내일보다 덜 사랑합니다(Je t'aime plus qu'hier
mais moins que demain).

이 책의 제목은 여기서 따 왔다.

우리답게 '사랑'을 '보라'로 바꿔서.

이런
여행도
있어요

의미의 전복

서울 생활을 포기한 건 사실 아무런 생각이 없어서였다. 대학을 졸업할 때 700점 이상의 토익 성적이 필요하다는 걸 알고 4학년 2학기 때 처음으로 토익 시험을 본 사람이 나란 인간이었으니까. 그저 수업 잘 들어서 학점 관리해 놓은 것 말곤 따놓은 자격증? 없고, 높은 어학 성적? 없고, 그 흔한 어학연수 경험? 역시 없고, 인턴 경험? 지원조차 해본 적 없었다. 졸업 후의 계획? 고민해 본 적이 있을 리가. 그러니까 그런 아무 생각 없는 사람이 마냥 비벼보기엔 서울은 매서운 곳이었고, 그래서 나는 졸업과 동시에 주섬주섬 짐을 싸 고향으로 내려왔다. 졸업자보다 졸업 예정자가 취업에 더 낫다는 팁도 졸업을 하고 나서야 알았다. 실로 대책 없는 인간이었다.

그땐 그냥 막연히 내가 잘 될 줄 알았다. 남들처럼 준비한 건 없지만 그래도 보고 들은 거 많아 말하는 거는 자신 있으니 면접만 보면 무조건 붙을 거라고 생각했다. 그 면접에 가기 위해선 말이 필요 없는 무수한 관문이 필요하다는 것쯤은 요즘 초등학생들도 알 텐데 말이다. 그래도 그 자신감이 헛된 것은 아니었는지 졸업 후 2년 만에 고향에 있는 지역 방송국에 입사했다. 어떤 업무를 하고 싶다는 야무진 꿈은 없었지만 집에서 멀지 않으면서 나름 전공을 살린 곳에 취업을 했다는 것만으로도 만족했다.

고향에 자리를 잡으면서 서울은 뉴욕이나 런던보다 먼 곳이 되었다. KTX며 SRT며 서울에 닿는 시간은 점점 짧아지고 있었지만 심리적인 거리는 점차 더 멀어졌다. 그래도 서울에 좀 더 발 딛고 있었으면 어떻게든 살고 있지 않았을까? 서울에서 자리를 잡아가는 친구들이 부러웠다. 고향으로 내려온 건 역시나 서울에서 멀어진 만큼 다운그레이드된 것 같았다. 서울 공화국인 대한민국에서 자연스레 든 생각이었다.

업무에 익숙해지고, 회사에 익숙해지고, 사람에 익숙해져가는 동안 서울은 특별한 일이 있어야 방문하는 연고 없는 도시가 되었다. 대책 없이 보냈던 시간에 대한 후회와 미련이 어지럽게 흩뿌려져 있는, 내가 살 수도 있었던 도시.

잠옷으로 갈아입고 노트북을 켰다. 코레일 예매 화면. 도착지는 용산역. 망설임 없이 시간을 체크해 결제 버튼을 눌렀다. 갈 곳이라고는 방탄소년단 멤버들이 촬영했던 장소나 개인적으로 자주 찾는다는 식당뿐이었다. 내가 살 수도 있었던 도시, 내 기억들이 아직 흘낏 남아 있는 도시가 아닌 그들이 살고 있는 도시, 기꺼이 찾아야만 하는 도시로 서울의 의미가 송두리째 바뀌려 하고 있었다.

"M, 내 덕질 투어를 함께해 줄 수 있겠니?"

"언니 나 그런 거 좋아해요."

그 한마디에 의기투합된 M과 토요일, 학동역에서 만났다. 대학 후배인 M 역시 누군가의 덕후라 이런 내 마음을 너무 잘 아는 친구다.

학동엔 방탄소년단의 기획사인 빅히트 엔터테인먼트가 있어 멤버들의 초창기 추억과 관련 있는 곳들이 많다. 그중 신인 시절 점심, 저녁 등을 해결하는 식당으로 직접 소개를 해 방탄 덕후들의 성지가 된 '유정식당'이 있다. 실제로 2018년, 몰타에 방문한 《본 보야지》에서 윤기가 식사를 해결할 곳을 찾는 멤버들에게 "거기도 유정식당 같은 곳이 있겠지."라고 말했던 그 유정식당. 학동역에서 유정식당까지는 짧은 걸음으로 10분이 채 걸리지 않았다. 토요일 점심이라 12시에 딱 맞춰 가면 웨이팅이 있는 거 아닐까 걱정했는데 다행히 살짝 이른 시간이라 손님은 두 테이블밖에 없었다.

가게 안은 모르는 사람들이 들어가면 눈이 휘둥그레질 정도로 방탄소년단의 사진들로 가득 차 있다. 앨범을 사야지만 받을 수 있는 포토카드부터 슬로건, 캐릭터, 증명사진 등이 가게 안을 빼곡하게 채우고 있는데, 방송에서 멤버들이 여길 단골로 찾았다고 소개한 이후 다녀간 팬들이 하나씩 붙인 것들이라고 한다. 이 분위기 덕에 방탄소년단을 좋아하는 사람이라면 한 번쯤은 꼭 오고 싶어 하는 곳이 되었다. 각국의 팬들이 찾는 곳이라 그런지 이미 자리를 잡고 있는 이들도 중국과 일본 사람들이었고 우리 테이블의 주문을 받는 직원도 외국인이었다.

의미 부여는 덕질에 가장 중요한 단어이므로 처음부터 멤버들이 앉았던 자리에 앉고 싶었다. 식당 가운데에 자리한 기다란 괘종시계 앞의 세 테이블에 나눠 앉은 멤버들이 쌈밥과 돌솥비빔밥을 맛있게 먹는 장면을 상기하며 신발을 벗는데 직원이 그 괘종시계 앞의 자리로 안내한다. 그러고 보니 그 옆자리로만 자리를 잡아 식사하고 있다. 보통 끝자리부터 자리를 채우는 것과 다르다. 이 식당을 어떤 마음으로 찾아오는지 너무 잘 아는 배려가 묻어난다. 멤버들이 즐겨 먹었던 메뉴가 표기돼 있으니 주문에도 의미가 담긴다. 주변을 둘러보니 내가 찾아보지 못한 사진들도 많다. 이거 아까워서 여기 어떻게 붙였나 싶지만, 좀 더 잘 됐을 때 식당을 찾은 멤버들이 이런 팬들의 정성을 보고 좋아했다는 사장님의 인터뷰를 보니 이 자체로도 또 의미다. 의미로 이미 배를 채운 듯하다.

하지만 의미는 의미고, 돌솥에 지글지글 익어가는 흑돼지비빔밥이 게 눈 감추듯 사라진다. 새벽부터 부지런을 떨며 짐을 싸고 숙소에 짐을 풀어놓자마자 지하철을 타고 와 아직 흥분이 가라앉지 않은 마음으로 먹는 첫 끼라 그랬을 거다. 어쨌든 지금 나는 신인 시절 멤버들이 즐겨왔던 이곳에서 멤버들이 즐겨 먹었던 메뉴를 시켜 먹고 있다, 게다가 자리도 이 괘종시계 앞이다, 문장으로 곱씹을수록 뿌듯함이 배가 되었다. 맛있게 먹고 계산을 하고 나오며 식당 안 모습을 몇 장 더 카메라에 담았다. 솔직히 그대로 뜯어서 가지고 가고 싶은 사진들이 대부분이었다. 식당 문에는 방탄소년단 멤버들의 사인이 프린트되어 붙어 있었다. 나와 같은 마음으로 이곳을 찾은 사람들을 위해 마련해 놓았나 보다. 그 마음을 담아 또 사진을 찍었다.

M의 기분도 좋아 보였다. 나 혼자만 신나서 다니면 안 되는 일정이라 M의 기분도 섬세하게 살펴야 한다. 시시콜콜한 일상 얘기를 하며 버스에 나란히 앉아, 《달려라 방탄》에서 바리스타 체험을 했던 카페로 향했다. 한남동은 대학 때의 기억이 많이 서린 곳이라 한남오거리 버스정류장에 내린 순간부터 마음이 복잡했다. 서울을 떠난 그때부터 지금까지 의식적으로 생각하지 않았던 마음들이 불쑥 솟아나려고 했

다. 강바람이 세서 옷깃을 여미는 데 정신을 쏟지 않았다면, 가질 수 없었던 의미가 오늘의 의미를 침범했을지 모른다. 한남오거리에서 한남역 쪽으로 조금만 내려오면 보이는 카페 엔게더.

12월 말인 태형의 생일을 축하하는 코너가 치워지지 않은 채 있었다. 이런 팬 문화는 최근에 생긴 것 같은데, 카페 몇 군데를 지정해 본인이 좋아하는 아이돌의 생일을 기념하기 위해 사진이나 기념품을 전시하고 생일 축하 문구를 담은 컵홀더를 배포한다. 여기도 그런 곳인가 보다. 《달려라 방탄》의 촬영 장소여서 왔는데, 기분 좋게 태형의 컵홀더를 추가로 받았다. 멤버 각자가 다른 커피를 만들어 보고 서로 맛을 보고 했던 곳이라 내부가 눈에 익다. 지민이가 맛을 '예쁘다'고 표현한 로지 라떼는 실제로도 예쁜 맛이었다.

'순간아, 멈추어라. 너 정말 아름답구나!'란 네온사인이 카페의 한구석에 걸려 있는데, 이 네온사인 앞에서 태형과 호석이 서로의 사진을 찍어 트위터에 업로드 했었다. 두 사람과 같은 포즈로 사진을 찍어 보겠다고 사진을 저장해 갔는데 왠지 부끄러워 나갈 때 찍자 싶었다. 하지만 커피를 다 마시고 수다의 결이 떨어질 땐 이미 가게 안에 팬들로 보이는 많은 사람들이 자리를 꽉 채워 더 쑥스러운 상황이 되어 버렸다. 사진 찍는 걸 아쉽게 포기했다. 기회는 왔을 때 잡아야 한다.

다음 코스는 이태원의 라인스토어. 우리나라보다 도리어 해외에서 더 많이 쓰인다는 라인이지만 목적은 라인 캐릭터가 아니다. 네이버 라인과 방탄소년단이 합작하여 만든 캐릭터 BT21의 상품들이 목표였다. 다른 매장도 많지만 이태원이어야 하는 이유는, 여기 3층에서 멤버들이 촬영을 했기 때문이다. 본인이 초안으로 잡은 캐릭터가 전문가의 손길을 거치고, 최종적으로 상품이 되어 나오는 과정이 모두 영상으로 남겨졌다. 멤버들이 만든 각각의 캐릭터는 BT21이란 그룹명으로 묶였고 그 캐릭터 하나하나는 멤버들을 투영하는 존재로 거듭났다.

제대로 둘러보기엔 너무 북적여 급한 대로 필요한 것들을 담아 계산하고 3층에 있는 카페로 들어갔다. 캐릭터별로 이름이 있는 메뉴를 한참 보다가 적당한 것으로 주문하고 자리를 잡았다. 멤버들이 촬영을 한 자리라 표기된 곳이다. 어쩜 딱 이 자리다. 음료를 마시며 주변을 둘러보았다. 멤버들의 사인과 캐릭터 초안들, BT21 음료의 사진을 찍으며 모두 웃고 있다. 막 3층에 올라온 외국 여행객 두 사람이 옅게 비명을 지르며 멤버들의 흔적을 좇는다. 그걸 보는 나도 아마 미소 지었던 것 같다.

어스름해지자 조금 더 쌀쌀해졌다. 저녁은 멤버들이 사

적으로 자주 찾는다는 약수역의 금돼지식당에서 먹기로 했다. 멤버들이 이곳에서 먹는 사진을 트위터에 올려주기도 하고, 식당 오너의 인스타그램에 멤버들이 왔다 갔다는 흔적이 자주 업데이트되기도 해서 팬들 사이에선 이미 입소문이 난 곳이었다. 역시나 A4 한 장이 넘는 웨이팅 리스트가 있어 이름을 올려두고 근처 전집에서 가벼운 1차를 하며 기다렸다. 한 시간 20분쯤 지나자 우리 차례가 되었다. 바로 식당으로 가 3층으로 안내받았다. 멤버들이 온다면 3층에 자리를 잡는다고 했는데. 저기쯤 앉아서 돼지고기를 구우며 서로 속에 있는 얘기들을 꺼내곤 했을까.

"최근에 방탄소년단 멤버들이 언제 왔어요?"

다 구워진 고기를 자르던 점원에게 M이 물었다.

"안 물어봐도 돼. 언제 왔다 갔는지 내가 다 알아."

그 질문을 가로채 내가 대답했다. 손님이 덕후인 티가 너무 많이 나거나 점원에게 멤버들에 대한 개인적인 질문을 하거나 하면 나중에 멤버들이 편하게 오기 힘들 것 같아서 싹둑. 점원이 물러나자 M에게 얼른 소맥 한 잔을 건넸다. 몇 년 만에 만나는 M과는 이제야 개인적인 이야기들을 나눈다. 소고기보다 더 부드러운 돼지고기라며 M과 신이 나서 과식과 과음의 채비를 한다. 이런 곳이기에 긴 해외 투어 일정이 끝나면 버선발로 달려오는구나, 멤버들의 마음을 십분

이해했다.

숙소로 돌아와 맥주 한 잔씩을 더 나눴다. 함께 깔깔거리며 웃던 동행 M이 집으로 돌아가고, 침대에 누워 오늘 찍은 사진들을 하나씩 넘겨봤다. 사진에 찍힌 나는 진심으로 웃고 있었다. 멤버들이 여기를 다녀갔지, 이걸 봤지, 이걸 먹었지, 그걸 생각하면 절로 웃음이 나왔다. M과 메시지를 보내며 다음 달엔 정국이가 고등학교 입학할 때와 졸업할 때 갔던 중국 음식점에서 점심을 먹고 석진의 형이 운영하는 식당에서 저녁을 먹는 일정을 약속했다.

서울살이. 엄마한테 용돈 받기가 미안해 영화관이나 카페에서 아르바이트를 했었다. 학교 수업을 듣고 아르바이트를 마치고 나면 아무것도 하기가 싫어져 가끔 보고 싶은 전시회를 다녀오는 것 말고는 학교와 아르바이트 장소, 집만 오고갔다. 그걸 핑계 삼아 현실적인 문제에서 도피했다. 용돈 벌기 바빠서 서울에서 뭘 할 수가 없었다고. 현실 도피. 아무런 생각이 없어서 서울 생활을 포기한 게 아니라 사실은 그냥 다 피하고 싶었던 거다. 실은 난 아무것도 안 한 거였다.

호텔 방 창문 밖으로 삼성역이 내려다보였다. 도로에 가로등 빛이 환하게 내려앉아 있다. 그 뜻 모를 미련 때문에 늘 외면하고 말았던 서울을 오롯하게 응시한다. 회사에선 나름의 업무를 해내고 있고, 월세 걱정 없이 고스란히 나를 위해 월급을 쓰고 있고, 이 호텔의 가장 높은 층인 22층의 방에서 저 멀리 한강을 따라 자동차들이 줄 지어 가는 모습을 내려다보고 있다. 고향으로 '다운그레이드'했지만, 어느 모로 봐도 '업그레이드'한 내가 여기 서 있다.

살 수도 있었던 곳. 미련이 남은 서울이라고 생각했는데, 이렇게 생각하니 나 괜찮게 살아온 것 같다. 게다가 팬이라는 이유 하나로 한달음에 서울을 찾은 멋진 덕후잖아, 지금의 나는. 정국이가 좋아한다는 블랑 맥주를 한 모금 마시며 내일의 일정을 생각했다. 내일은 호석이가 맛있게 먹었던 자몽타르트를 파는 합정의 카페에 가야지. 이태원 라인프렌즈에 다시 들러 BT21 상품들을 좀 더 구입해야지. 〈DNA〉 커버 촬영을 했던 피자 가게에서 점심을 먹어야 하니 내일은 몇 시에 일어나야 하나. 의미의 전복이 일어난 서울의 밤이 눅진하게 무르익어 가고 있었다.

모든 날이 Celebrate

다시, 용산 행 KTX 출발을 기다리는 플랫폼. 구겨질까 따로 챙긴 정장을 든 젊은 남자는 면접을 보러 가는 듯하고, 3대가 모인 대가족은 친척의 결혼식에 참석하러 가는 듯하다. 창밖으로 분주히 열차에 오르내리는 사람들의 모습을 좇다 두 눈두덩을 꾹 눌렀다. 새벽에 일어나 공연 예매 페이지를 세 시간 정도 들여다봤더니 눈이 피로했다. 수마가 밀려왔다. 좌석에 몸을 구긴 채 눈을 감았다. 금세 잠에 빠졌다.

용산역에 도착하자마자 빠르게 지하철을 갈아타 합정역에서 내렸다. 오늘은 3월 9일, 윤기의 생일이고, 이 생일을 기념하는 다양한 이벤트들이 곳곳에서 펼쳐진다. 마음이 급했다. 내 앞에 개찰구를 빠져 나가는 아이들의 옆머리엔 보라색 머리핀이 하나씩 자리했고, 설렘 그 자체의 얼굴로 종종걸음을 옮겼다. 나와 같으면서도 다를 그 어린 애정이 내게 고스란히 옮겨 와 출구를 향하는 신발 뒤축이 간지럽게 닿는 기분이었다.

토요일의 합정동 골목은 발에 치이는 전단지 숫자가 무

색할 만큼 고요했다. 미리 인터넷으로 찾아봤을 땐 여기에서 오른쪽으로 꺾었던 것 같은데 하며 화면 속 지도를 살피는데 저 멀리 빨간 간판 상점 앞에 사람들이 모여 있었다. 찾았다.

Happy Suga Day

윤기의 생일을 축하하는 배너를 지나 문을 열고 카페에 들어갔다. 협소한 카페는 발 디딜 틈 없었다. 카운터와 쇼케이스를 따라 주문 줄도 길었다. 이 카페는 윤기 생일 기념 테이크아웃 종이컵을 제공하는 곳이었다. 제조 음료를 주문하면 2~30분을 기다려야 한다기에 병에 미리 담아놓은 더치커피를 사서 나왔다. 중국 관광객들과 쇼핑객, 덕후들의 무리에 휩쓸려 구름 위를 걷는 듯 홍대 일대를 현실감 없게 걸어 다녔다. 윤기 생일 기념 컵홀더, 슬로건 등을 제공하는 모든 곳이 붐벼서 대기에 꽤 많은 시간을 썼다. 정신을 차려 보니 저녁 먹을 시간이 다 됐을 만큼. 가방 안엔 종이컵 두 개, 컵홀더 네 개, 포토카드 수십 장이 담겼다.

삼성역에 있는 호텔에 짐을 푼 뒤 버스를 탔다. 대학 생활을 했던 4년이 내 서울살이의 전부였는데, 한남동에서 성내동까지 강남을 가로질러 통학하던 게 헛일은 아니었는지 창밖 너머의 풍경이 익숙하게 지나갔다. 한 끗 차이로 기억보단 추억이었다. 종합운동장, 잠실새내를 지나 석촌호수 주변에서 내렸다. 저녁은 M과 만나 석진이의 친형이 운영하는 일식당에서 먹었다. 윤기의 생일을 기념하기에 이만한 장소가 없었다. 나무 찜통에서 잘 쪄진 소고기와 각종 채소를 메인으로 술 한 잔씩 나눴다. 높아가는 책임감에 비해 과연 보람이 비례하고 있는지 모르겠다는 현실적인 대화는 극히 일부. 대화의 대부분은 덕질이 삶을 얼마나 이롭게 하는지에 대한 격론이었다.

먼지 냄새가 없는 모처럼의 저녁 공기, 걷기 좋은 온도와 부담 없는 요일의 삼박자는 석촌호수를 그냥 떠나지 못하게 했다. 생맥주 한 잔과 한 뼘 크기의 작은 청주 한 병을 마신 터라 몸은 적당히 데워진 상태였다. 롯데월드를 배경으로 사진을 찍는 중국 가족들의 곁을 누가 더 대단한 덕질 역사를 가지고 있는지 배틀을 하며 깔깔거리며 지났다. 이곳을 찾은 이유는 달라도 이 시간의 서울 공기는 모두에게 달았다.

호텔로 돌아와 맥주 수 잔을 더 마신 뒤 푹 자고 일어난 다음 날, 해장국으로 적당히 속을 풀었다. 방탄소년단 팬클럽 행사인 《아미피디아Armypedia(아미Army와 위키피디아Wiki-pedia의 합성어)》가 열리는 서울 시청 광장. 잘 챙겨 온 티켓을 확인받고 광장 내부로 입장했다. 오후 세 시 시작인 행사까지 한 시간여 남았지만 이미 광장의 반이 메워져 있었다. 커다란 전광판에는 방탄소년단의 뮤직비디오가 상영되고 있었다. 실물 공연을 보듯 광장 안의 모든 사람들이 응원봉을 흔들고 응원법을 따라 하고, 소리를 지르고 감탄하고 뛰고 있었다. 입고 있는 재킷이 거추장스러울 정도로 흥이 달아올랐다. 《아미피디아》는 방탄소년단 멤버들이 직접 내는 문제를 풀고, 예전 공연 실황 영상을 몇 곡 보는 약 50여 분의 짧은 행사였다. 마지막 노래가 끝나니 아쉬움의 탄성이 흘렀다. 문제를 내는 멤버들의 얼굴에, 문제의 답을 맞히는 기쁨에, 이후 이어진 공연 실황 영상에 내내 함성을 질렀더니 목이 칼칼했다. 나 같은 사람들이 함께 뛰고 움직이며 만들어낸 흙먼지가 비로소 느껴졌다. 목을 큼큼대며 광장을 빠져나왔다. 뒤를 돌아보니 꽤 많은 팬들이 스피커를 통해 흘러나오는 노래를 마저 따라 부르며 자리를 지키고 있었다.

열차 시간이 남아 시청 광장이 내다보이는 카페에 앉았다. 입장 티켓을 확인한 후 하나씩 나누어주었던 봉투를 들고 있거나 팬임을 증명하는 슬로건이나 캐릭터를 지닌 사람들이 카페에 많았다. 그들은 나이대도, 쓰는 사투리도, 차림새도 모두 제각각이었지만 대화를 나누는 표정만큼은 똑같았다. 진심이 아니면 나올 수 없는 사람만의 아우라. 왜 당사자가 함께하지 않는 생일을 기념하기 위해 밖으로 나왔는지, 우린 왜 집에서 보면 훨씬 편할 영상을 불특정 다수와 보기 위해 이 복잡한 시청 광장에 모였는지, 그 모든 답을 주는 얼굴들. 순도 100%의 행복. 매일이 똑같을 뻔했던 일상에 변주를 주는 대상을 가진 사람들만이 이럴 수 있다.

영국의 인기 작가이자 축구 팀 아스널의 광팬인 닉 혼비는 축덕으로서 자신의 덕력을 과시한 책 『피버피치』의 첫머리에 축구를 사랑하는 자신에게 하나의 질문을 던졌다.

"학창 시절 첫눈에 반한 연애 감정처럼 시작한 이 관계가 어째서 자발적으로 맺어온 다른 어떤 관계보다도 더 오래 지속될 수 있었을까."

먼 이국의 덕후가 그 질문에 답을 하고자 한다. 내 애정에 상응하는 답을 구하지 않는, 무해하고 순수한 애정이 기반인 관계는 '내가 먼저 질려 떠나지 않는 이상 끊어질 수 있는 관계가 아닌 것' 같다고. 내가 먼저 질려 떠나는 것은 불가능에 가까우므로, 이 관계에 대해 깊게 생각하지 말고 그냥 즐길 수 있을 때까지 즐기면 되는 거라고.

일요일 밤의 용산역. 무거운 군용 짐을 짊어진 군인은 복귀를 앞둔 듯하고, 캐리어를 끄는 커플은 여행을 끝내고 후련하게 집으로 돌아가는 듯하다. 예정된 주말 스케줄을 모두 소화한 나는 홀가분한 기분으로 차창에 머리를 기댔다.

어제 이른 새벽, 뜬 눈으로 예매한 방탄소년단 시카고 공연 입장 QR코드를 캡처해 사진첩에 담았다. 다음 달은 방콕으로 콘서트를 보러 갈 예정이다. 여행이 덤처럼 따라올 덕질이 기다리고 있다. 적당한 소음을 내며 KTX가 예정된 시간에 출발했다. 훗날 기념이 될 주말이 지나가고 있었다.

방콕, 이런 여행도 있다

내가 보통 여행을 준비하는 순서는 이렇다.

1. 오늘이 어제 같고, 내일이 그제와 같을 일상을 자각한다.

2. 여기가 아니면 어디든 좋을 것 같다. 여행을 떠나고 싶다.

3. 휴가 내기 적당한 날짜를 정한다.

4. 마음이 쏠린 여행지의 항공권을 결제한다.

5. 숙소, 맛집, 관광지 등을 검색해 일정을 짠다.

6. 일상이 좀 버틸 만하다.

7. 여행을 즐긴다.

그러나 이번 여행을 준비하는 순서는 이랬다.

1. 방탄소년단이 방콕에서 《Love yourself》 콘서트를 한다.

2. 방콕을 가야 한다.

3. 공연 티켓을 구매한다.

4. 공연 날짜에 맞춰 여행 일정을 짠다.

5. 일상을 버틸 수가 없다. 빨리 공연 보러 가고 싶다.

6. 공연을 즐긴다.

7. 여행은 덤이다.

"진짜 방탄소년단 보러 방콕을 간다고?"

"그럼 안 돼?"

몇 번이나 반복된 이런 유의 대화는 도리어 진짜 궁금해하는 내 질문으로 끝이 나곤 했다. 공연은 토, 일 각 1회씩 총 2회. 공연 하루 전인 금요일 오전, 방콕행 비행기를 기다리기 위해 탑승구 앞에 앉아 있다. 주변을 둘러보면 하나 혹은 둘씩 앉아 있는 여성분들이 꽤 있는데 '혹시' 하고 보면 이분 크로스백엔 쿠키 인형이, 저분 팔엔 망이 담요가, 저분의 힙색엔 슈키가, 내 앞에 선 분 목엔 타타가 '역시나' 걸려 있다.

방탄소년단이 제작에 참여한 BT21 캐릭터는 일종의 신호나 암시다. 이거 봐. 방탄소년단 보러 방콕 가는 사람이 나 말고도 이렇게 많다고. 나와 엇비슷한 여행을 준비했을 사람들이다. 슬쩍 스치는 시선만으로도 통하는 이 동료애. 비로소 이 여행의 출발을 실감한다. 탑승 시작을 알리는 안내 멘트가 흘러 나왔다. 시작도 과정도 지금까지와 전혀 다른 여행을 하기 위해 재빨리 줄을 섰다.

해산물 기내식은 새우 두 점을 집어 먹는 걸로 밀어 놓고 기내 엔터테인먼트에 들어 있는 영화《보헤미안 랩소디》의 라이브 에이드 장면을 몇 번이고 돌려봤다. 수만 명이 들어선 웸블리 스타디움. 그곳을 가득 채운 음악의 힘, 찰나지만 찬란했던 청춘들, 떼창의 전율. 삼십 년이 지나도 아직도 회자되는 전설의 웸블리 스타디움 공연. 저곳에서 방탄소년단이 단독 콘서트를 한다. 그것도 2회나. 빈속에 마신 화이트 와인 한 잔에 이리 울렁, 저리 울렁, 내가 이룬 성과처럼 자부심이 폭발한다.

공항을 나서자마자 악명 높은 4월의 방콕 더위와 마주했다. 가만히 서 있기만 해도 머리카락이 피부에 끈적하게 달라붙고, 숨을 들이켤 때마다 뜨거운 공기가 머리를 어지럽게 한다. 호텔이 있는 프런칫역까진 1시간이면 충분할 줄 알았는데 트래픽 잼으로 꼼짝없이 두 시간을 도로에서 허비했다. 본인이 잘못한 것도 아닌데 잔뜩 미안한 표정으로 거스름돈을 넘겨주는 택시 기사의 얼굴은 5년 만에 다시 온 방콕의 첫인사였다.

텅러 지역은 곳곳에 숨겨진 비밀의 정원 같은 카페나 식당을 찾는 재미가 있는 곳이다. 더운 나라이기에 볼 수 있는 푸른 울창함을 갖춘 카페 한 곳에 들렀다. 시원한 우롱차를 마시며 사진 몇 장을 찍은 뒤 이어폰을 연결하고 SNS 앱을

켰다. 꼭 방콕의 텅러 카페가 아니어도 되는 일을 굳이 방콕의 텅러 카페에서 하는 일. 여유를 계산할 수 있는 건 떠나온 자의 낭만이다.

땀을 식힌 후 카페 문을 나섰다. 쉼 없이 울리는 단체톡방의 알람을 껐다. 이 더위가 따뜻한 이불처럼 느껴지게 하는 간단한 행위였다. 점심을 먹고 호텔에 돌아와 태닝과 수영을 반복하며 즐기는 서양인들 옆에 자리 하나를 잡고 잠시 쉬다 나왔다. 응원봉, 슬로건 등 공연에 필요한 짐과 마음의 준비를 단단히 챙겼다.

라차망칼라 경기장에 가까워져 간다는 건 달라진 거리 풍경으로 알 수 있었다. 한 방향으로 움직이고 있는 사람들의 차림새는 그들이 팬임을 적극적으로 보여주고 있었다. 여기서부턴 차라리 걷는 게 빠를 것 같아 적당한 곳에 내린 뒤 그들의 행렬에 동참했다. 좁은 인도는 이때만을 기다렸을 노점상들 덕에 더 복잡해져 가방을 앞으로 안고서 조심히 움직여야 했다.

중앙 원격제어로 다양한 색을 뿜내 줄 응원봉 아미밤을 핸드폰과 페어링했다. 아미밤은 노래와 조명에 따라 색이 달라지며 콘서트 분위기를 띄울 것이다. 공연장에 일찍 들어가 아직 환한 스타디움 내부를 둘러보았다. 그동안 혼자 영상이나 글을 보며 좋아했던 사람이라 이렇게 수많은 팬들 사이에 섞일 때 먼지보다 못한 내 아득한 존재에 회의가 들면 어떡하나 싶기도 했었다. 그러나 말이 통하지 않는데도 환호할 준비가 완료된 이 이국의 팬들 속에 섞이니, 나는 그들의 언어를 통역 없이 직관적으로 알아들을 수 있는 특별한 힘을 지닌 사람인 것만 같았다. 상대적인 감정은 항상 위험하다. 하지만 오늘만큼은 이 상대적인 도취를 즐겨보려 한다.

긴 팔 긴 바지에 조끼까지 쓰리 피스로 갖춰 입고 일하는 사람들을 보며 '더운 나라에서 태어나서 이 날씨가 아무렇지도 않나 보다' 하며 내 긴 머리를 꼭 묶었는데, 공연장에서 땀 닦는 현지 팬들을 보니 더운 건 다 똑같다 싶다. 공연은 시작도 안 했는데 사람들이 뿜어내는 열기까지 혼재돼 이 스타디움 전체에 거대한 더위가 무겁게 내려앉았다. 전광판으로 재생되는 뮤직비디오 노래를 따라 부르며 연신 부채질을 했다. 하늘의 색이 조금씩 짙어진다. 팬들의 입장이 완료될 때까지 조금 기다린 저녁 7시 30분, 조명이 꺼지고 어둠이 찾아왔다. 두 시간의 시차, 여섯 시간의 비행, 서른 시간의 기다림. 그 모든 이유, 방탄소년단의 공연이 시작된다.

공연은 기억이 안 날 정도로 순식간에 흘러갔다. 시간을 확인하니 두 시간 반이 지났고, 핸드폰 사진첩엔 공연이 영상으로 담겨 있는데도. 수십 번 본 콘서트 실황 영화를 다시

한 번 더 보고 나온 기분이었다. 아, 또 단기 기억상실증인가? 어리둥절함을 떨쳐내지 못하고 떠밀리듯 공연장을 빠져 나왔다.

라차망칼라 경기장에서 가장 가까운 메트로는 걸어서 한 시간 거리인데, 택시 잡기가 쉽지 않을 것 같아 호텔까지 이동할 차량을 미리 예약해 놓았다. 기사님을 만나려면 정확한 주소가 필요하기에 경기장에서 가장 가까운 호텔을 지정했더니 수십 명의 사람들이 이름 적힌 종이를 들고 호텔 로비에 모여 있었다. 여러 이름들 중 내 이름을 찾았다. 주차된 차가 있는 곳까지 함께 이동하면서 종종 걸음을 걷는 기사님의 등과 방탄소년단 상품을 파는 상인들의 손과 모처럼 많은 손님들을 맞이하는 가게 점원의 얼굴에서 넘쳐 나는 생의 기운을 느꼈다.

경기장 주변을 벗어나니 도로는 한산했다. 방콕에 와서 처음으로 속도를 느끼며 호텔에 도착했다. 사다 놓은 와인을 꺼내려다 그마저도 귀찮아져 푹신한 침구 사이로 파고들었다. 어설프지만 최선을 다하는 태국어 인삿말을 건넬 때를 제외하곤 공연만으로 꽉 채운 오늘의 무대를 다시 보고 있으니, 공연장에서 나눠 받은 피켓의 문구가 눈에 콕 박힌다.

'우리라서 다행이다. 함께여서 다행이다.'

한산한 현대미술관을 오전에 둘러보고, 콜드 파스타에 와인 한 잔을 곁들이고, 재즈가 흐르는 올드타운의 카페에서 커피 한 잔을 마시고 나니 하루의 반나절이 훌쩍 지났다. 오늘은 공연장으로 좀 더 여유 있게 출발하려다, 예외는 언제든 존재할 수 있으니 적당히 서둘렀다. 어제와 엇비슷하게 붐비는 공연장 주변을 빠르게 통과해 입장했다. 정면에 가까운 1층 앞좌석이라 그라운드 석이었던 어제보다 시야가 훨씬 좋았다. 무대도 가까워 기대감에 떨리기 충분했다.

"Where are you from?"

응원봉을 흔들며 흘러나오는 노래를 따라 부르고 있었더니 옆에 앉은 팬이 말을 걸었다. 랩 가사까지 곧잘 따라하는 내 발음 때문인 듯했다. 한국인이라고 하자 눈에 띄게 밝아진 그녀는 태국인이다. 그녀와 종종 말을 나누며 공연을 기다렸다. 내가 선택하지 않아 장단점으로 생각해본 적이 없던 내 국적과 모국어는 누군가에게 말을 걸고 싶게 하는 특장점이었다.

두웅.

공연 시작을 올리는 음악이 흐르고, 공연장에 어둠이 내렸다. 이 월드 투어의 마지막 공연이 시작됐다.

공연의 3분의 1쯤이 지나고 지민의 솔로곡이 시작되는데 갑자기 소나기가 내렸다. 눈으로 형태가 구분될 만큼 굵은 빗방울이었다. 우왕좌왕하던 찰나에 옆자리의 태국 팬이 본인의 우비를 함께 나눠 쓰자고 했다. 손에 들고 있던 핸드폰과 짐들을 가방에 넣은 뒤 의자 아래 두었다. 비옷을 머리에 얹었다. 공연은 딜레이 없이 계속됐다. 맴버들은 팬들과 함께 비를 맞으며 더 신이 나서 춤을 추고, 비를 가리느라 손에서 핸드폰을 놓으니 공연이 더 공연으로 다가온다. 비가 오지 않았으면 끝까지 깨닫지 못하고 지나갈 뻔했다.

방탄소년단의 초창기부터 아낌없는 관심과 사랑을 준 나라의 팬들답게 방콕 콘서트는 이틀 내내 이곳 날씨처럼 뜨거웠다. 이 무조건적인 사랑에 감사를 전한 뒤 앙코르 무대까지 끝났다. 비옷을 덮어준 태국 팬에게 공연장에 입장하기 전에 산 멤버 부채 하나를 선물했다. 그녀의 미소에 내가 갑절로 행복해졌다. 공연의 여운에 빠진 얼굴들을 둘러보며 나를 포함한 우리, 방탄소년단과 함께 비를 맞은 사이, 그것참 로맨틱한 사이 아닌가 생각했다. 수만 명의 이름 하나 하나는 몰라도, "2019년 4월 7일, 방콕 콘서트 기억나? 그때 갑자기 소나기 쏟아져서 그 비 다 맞으면서 공연 했었잖아." "맞아. 바람까지 불어서 시야도 흐려 혼났지. 근데 또 신기하게 한두 곡 하다가 그치고 다시 내리고, 그래서 텐션을 적당히 올리기 좋은 분위기였어." 같이 추억할 수 있을 하루를 보냈다. 호텔로 돌아와 땀과 비를 씻어낸 뒤 샴페인을 터트려 하얀 거품을 쪼록 따라 마셨다. 식도를 타고 찌르르 넘어가는 샴페인이 마치 오늘 같았다.

공연이 끝난 즉시 한국행 비행기를 탄 방탄소년단의 소식을 확인하며 깬 월요일 아침. 방탄소년단은 한국으로 돌아갔지만 나는 아직 방콕에서의 일정이 남았다. 생각지 않았던 방콕 방문인데, 이왕 온 김에 여행을 덤으로 붙이고 싶어서였다. 여유 있게 조식을 먹은 뒤 마사지를 받았다. 원래 짐을 무겁게 메고 다니는 데다가 이틀 콘서트를 보고 나오면 몸이 무거울 것 같아 미리 이 날짜에 예약해 놓았는데, 나를 제일 잘 아는 나답게 적확한 타이밍이었다.

노곤해진 몸으로 시원한 커피 한 잔을 마시며 이런 저런 단상들을 노트에 적다가 느지막이 식사를 하러 일어났다. 드높은 빌딩숲 사이에 어울리지 않는 고풍스런 노란 건물 '하우스 온 사톤'은 한여름의 더위를 풍경처럼 감상하며 늘어지기 좋은 한적한 레스토랑이었다. 미리 예약해 놓은 애프터눈 티 세트가 서빙되기까지 시간이 좀 걸린다고 하여 칵테일 두 잔을 먼저 주문했다. 낮술과 늦은 점심. 여행지에서 느낄 수 있는 최대한의 사치를 한꺼번에 즐긴다.

칵테일을 마시며 핑거 푸드 몇 개를 집어먹었더니 배가 불러 샌드위치나 케이크 등으로 차려 나온 메인 음식들에

거의 손도 대지 못했다. 남은 음식을 그대로 포장해 호텔로 돌아왔다. 바삐 돌아다니느라 진이 빠진 채 밤늦은 시간에 호텔로 돌아오던 여행이 아니다. '이왕'이란 두 글자에 '그곳'이란 두 글자를 합쳐 '이왕 그곳'에 갔으니 할 만한 것들을 찾았던 여행과, '해볼까' 하는 권유가 넘쳐났던 여행. 그동안 내가 해왔던 모든 방식에서 벗어났다. 여행 그 자체를 목적으로 하지 않기에 이런 여행이 가능해졌다.

일 외의 것들로 해야 할 일이 잔뜩 생긴 이후 매일 아침 눈 뜨는 일이 버겁지 않았다. 오늘은 또 무슨 소식이 있을까, 어떤 모습을 보여줄까, 기대감으로 하루를 시작한 지 꽤 오랜 날이 지났다. 게다가 오늘은 새 앨범이 발매되기 나흘 전이다. 돌아갈 이유가 충분한 여행 마무리만큼 아름다운 것은 없다.

예약한 '블루 엘리펀트'에서 배부른 저녁을 먹은 뒤 지상철을 타고 시암에서 내려 랑수언 로드까지 걸었다. 시암역에서 칫롬역까지 회랑으로 연결돼 있어 걷기 좋은 구간이라 미리 한 정거장 전에 내린 거였다. 방콕의 마지막 밤에 루프탑 바 하나쯤은 방문해야 했고, 그렇다면 방콕에 처음 왔던 다섯 해 전의 그때, 내 생일을 축하하기 위해 찾았던 뮤즈 호텔의 '스피크이지' 바가 좋을 것 같았다.

호텔 최상층에 내리자 시끄러운 클럽 음악이 웅웅 울렸

다. 마천루가 쏟아내는 불빛이 에워싸는, 안정감을 느끼게 하는 풍경은 여전했다. 음악이 아닌 야경을 품고 싶어 안쪽 자리에서 사람들을 등지고 앉았다. 소비뇽 블랑 화이트 와인을 주문하고 이어폰을 꺼내 꽂았다.

"아미 여러분 오늘 하루 뭐 하셨나요?"

그때 울린 트위터 알람 속 호석의 물음. 와인을 핑계로 답글을 클릭했다.

'응. 너희 덕에 여행까지 한 하루였어. 공연 보고 방콕에 남아 와인도 마시고 맛있는 것도 먹고. 너희 노래 계속 들으면서.'

볼륨을 최대한으로 높인 방탄소년단의 노래가 배경음악이 되었고, 나는 이 여행을 방금 한 문장으로 농축시켰다.

아무리 편히 쉬어도 공항으로 향하는 날은 몸이 천근만근이다. 무거운 짐들이 특별히 추가되지도 않았는데 왜인지 캐리어는 훨씬 무거워져 있다. 고속도로를 달리는 택시 차창 너머로 라차망칼라 경기장이 보였다. 관광지도 아니고, 게다가 중심지도 아니어서 이번 공연이 아니었음 평생 이름조차 몰랐을 저곳. 더위나 트래픽 잼에 지치지 않을 수 있었던 것도, 인터넷으로 찾아 본 것보다 좋고 나쁘고를 따지지 않을 수 있었던 것도, 휴가 기간이 아닌 4월에 이국으로 떠나올 수 있었던 것도, 이 여행을 할 수 있었던 것도 모두 하나의 단어로 수렴된다. 그렇다. 이런 여행도 있는 거다.

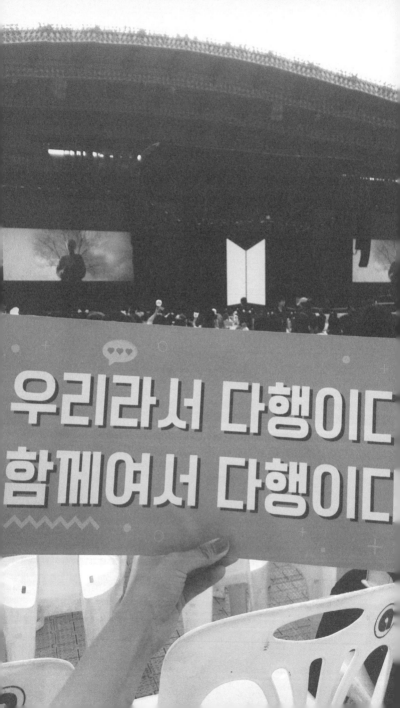

2017년 《본 보야지》에서 방탄소년단은 하와이를 여행했다.
북미 투어를 막 끝낸 터라 홀가분한 마음으로 떠날 수 있었다.
하와이의 뜨거운 햇볕 아래에서 방탄소년단은 스노쿨링, 트래킹,
ATV 투어, 샤크투어, 볼케이노 헬기 투어 등 다양하게 몸을 쓰며
액티비티를 즐기고 맘 놓고 먹고 마신다. 20대 초중반의 여문
체력들은 하와이에서 물 만난 듯 발현된다.

하와이 음식이 입에 맞았는지, 형들이 저녁에 만들어 주는 야식이
꿀맛이었는지, 아니면 휴가라 입맛이 돌았는지, 매끼 입 안 가득
음식을 넣고 우걱우걱 잘도 먹더니 정국은 급기야 윤기가 '제주도
흑 멧돼지' 같다고 표현할 정도로 얼굴에 동그랗게 살이 오른다.
게다가 햇볕을 가리려 파나마 햇을 줄곧 쓰고 다니다 보니
입 주변이 동그라미를 그리며 까맣게 탄다. 모자의 챙이 좁아
코 밑은 미처 가리지 못한 것이다. 통통하게 오른 볼, 까맣게 탄
입 주변. 매일 같은 하와이안 셔츠를 입는 꼬질함까지 합해져
(매일 빨아 입었다지만) 대망의 '하꼬(하와이 꼬질이)'가 탄생한다.
지민이 방에 붙여 놓고 싶달 정도로 귀여운 정국의 하꼬 얼굴은
MT를 떠난 방탄소년단의 단체 티셔츠로, 《Love yourself 承
'Her'》 앨범을 소개하는 라이브 방송의 주요 토픽으로,
방탄소년단의 예능감을 논할 때 가장 대표로 거론되는 캐릭터가

된다. 하꼬는 지금도 방탄소년단의 뮤직비디오나 CF, 다른

사진들과 합성되어 팬들의 사랑을 받고 있다.

2019년 6월 기준, 정국이의 공식 카페 닉네임은 'BTS_하꼬♥'다.

카페 프로필 사진도 동그란 달 안에 합성된 하꼬 사진이다. 이젠

본인마저 인정하는 자신의 또 다른 얼굴. 반달곰처럼 동글동글

예쁘게 살이 오른 정국의 귀여움이 보고 싶을 땐 언제든 이

단어가 떠오른다. 하꼬.

그래서 시카고

이른 시간 터미널의 고요함은 도대체 익숙해지지가 않는다. 무표정한 사람들이 하나둘씩 지나다니는 스산한 플랫폼 앞 의자에 앉아 쩌억 하품을 했다. 광주에서 인천공항까지 4시간, 수속하고 탑승하는 데까지 2시간, 샌프란시스코까지 11시간의 비행, 다시 경유를 위해 대기하는 4시간, 시카고까지 마지막 4시간. 장장 만 24시간이 넘는 이동을 앞둔 새벽이었다. 퇴근 후 짐을 싼다고 제대로 눈을 붙이지 못했다. 고된 이동이 예상되는 가운데 쩌-억 하품. 눈물이 고였다.

잠이 보약이라는 말은 진리다. 좁은 좌석에 몸을 비틀어 가며 얕은 쪽잠을 청한 것을 제외하곤 도저히 쉬질 못했더니 몸에 열이 오른다. 심상치가 않다. 뭘 먹었다간 체하기까지 할 것 같아 기내식을 물렀다. 오늘은 그저 푹 자야겠다. 샌프란시스코 공항에 도착하자마자 저녁 예약을 해 둔 레스토랑에 취소 전화를 했다. 첫날부터 컨디션 조절에 실패하면 일주일 내내 낭패다. 딕후에겐 아플 시간이 용납되지 않는다. 앓는 건 사치다.

세계 주요 도시 스타디움에서 개최되는 방탄소년단의 《Speak Yourself》 월드 투어의 일정이 공개되자마자 날짜를 확인했다. 5월은 북미와 남미, 6월은 유럽. 어느 곳 하나 마음 편히 다녀올 만하지가 않다. 게다가 담당 프로젝트들이 본격적으로 가동되는 6월부터는 하루 이틀 빼기도 어려울 것이다. '역사적인' 웸블리와 '내 사랑' 파리는 눈물을 머금고 포기. 고단한 비행 스케줄과 현지 치안 사정 등을 고려해 상파울루도 포기. 휴가를 일주일 정도 낼 수 있으니 LA, 시카고, 뉴저지 중 하나를 택해야 할 것 같고, 기왕이면 오래전 《걸어서 세계 속으로》에서 우연히 본 회색 도시 시카고면 좋을 것 같았다. 시카고 콘서트 예매를 성공한 뒤 항공권과 호텔을 예약했다. 구구절절한 이유나 사연 없이, 그래서 시카고였던 거다.

현지에서 국내선으로 갈아탈 때의 탑승구만큼 이방인의 위치를 자각하는 순간이 또 있을까. 속사포처럼 빠른 영어 안내에 있는 힘껏 집중했다. 이제부터 더욱 정신을 바짝 차려야 한다. 내 좌석은 제일 끝 왼쪽 창가 자리. 빨리 짐을 찾아 나갈 필요가 없기에 맘 편히 가장 뒷좌석을 미리 지정해 놓았다. 시카고까지 또 어떻게 피곤함을 버티나 고민하며 짐을 정리하는데 옆 좌석에 내 또래로 보이는 한국인 여성이 앉았다. 인천발 샌프란시스코 행 비행기에서부터 낯이

익은 분이었다. 까만 후드에 운동복 바지 차림이 '혹시……'
하는 마음을 갖게 했다. 슬쩍 핸드폰 잠금 화면을 보니 호석
이고 열린 바탕화면 속엔 윤기와 태형이가 있다. 나는 아주
특별한 동시에 보통의 여행을 떠나온 것이다.

시카고 오헤어 공항에 도착해 우버 택시를 타고 밀워키
니 인디애나니 하는 길들을 지나 도심으로 진입했다. 현지
시간 오후 6시. 시차 덕분에 시카고까지 고작 10시간 걸린
것 같은 착각이 들었고, 그래서 모든 피로가 별거 아닌 것 같
아졌다. 삐쭉 서 있는 마천루의 능선이 흐린 하늘 아래 부옇
게 드러나 있었다. 호텔에 짐을 풀고 바로 앞 마트에서 캘리
포니아산 와인 한 병과 간단한 안주거리를 샀다. 약보단 와
인이다. 따뜻한 물로 샤워를 한 뒤 보송보송한 호텔 침구에
구겨지듯 감싸여 와인을 마셨다. 시카고에 도착했다는 실감
따위 느껴 볼 새도 없이 깊은 잠에 빠졌다.

조금 찌뿌드드한 것을 제외하곤 몸 상태가 다행히 괜찮
았다. 갓 구운 베이글로 아침 식사를 하고, 시카고 미술관으
로 갔다. 뉴욕 메트로폴리탄 미술관, 보스턴 미술관과 함께
미국 3대 미술관으로 꼽히는 규모에 고흐, 모네, 쇠라, 자코
메티, 앤디 워홀 등 유명 작가들의 작품을 볼 수 있는 곳이
다. 미술에 관심이 많은 태형이 지난 투어에서 가장 기억에
남는 장소로 시카고 미술관을 꼽았다. 특별 전시로 꾸려진

램브란트의 자화상 코너까지 보고 나자 미술관에 들어온 지 네 시간이 넘었다. 미국의 대표 작가 에드워드 호퍼의 「밤을 지새우는 사람들」 엽서 한 장을 사서 나왔다.

미시간 호수에서 불어오는 바람을 맞으며 이스트 잭슨 드라이브를 따라 먼로항까지 걸었다. 가볍게 운동을 하거나 책을 읽거나 사색을 하는 사람들 사이에 자리를 잡았다. 내가 보고 있는 수평선이 호수란 것을 알면서도 바다를 마주하고 있다고 생각했다. 규칙적인 물결, 이따금씩 날아다니는 갈매기. 자전거의 차임벨, 저만치의 대화. 사진을 몇 장 찍었다. 이곳을 찾아 잠깐의 휴식을 취했던 남준과 태형이 봤던 풍경. 거기에 내 기억과 모습을 슬쩍 얹었다.

유명 관광지에 오면 사람들이 모두 웃고 있어 좋다. 그곳을 찾아온 수많은 이유들이 모여 선사하는 긍정의 아우라. 클라우드 게이트는 반짝반짝 빛이 났다.

방탄소년단의 콘서트가 열리는 주말을 포함해 일주일 정도 오픈되는 《Speak yourself》 팝업스토어는 시카고의 가장 중심 거리인 사우스 스테이트 스트리트에 자리했다. 일부러 늦은 시간에 찾아왔는데, 그럼에도 스무 명 남짓의 사람들이 줄을 서 있었다. 끝자리에 섰더니 금세 내 뒤로 몇몇이 더 늘었다. 팝업 스토어는 일종의 방탄소년단 소우주였다. 정면의 대형 스크린엔 방탄소년단의 뮤직비디오가 연달아 나오고, 다양한 MD 상품들이 보기 좋게 디스플레이 돼 있었다. 쇼핑은 재빨리, 그리고 마치 실제 공연을 보는 양 떼 창을 하고 춤을 따라 추는 사람들 사이에 서서 몇 곡을 감상했다. 먼저 다가와 사진을 찍어줄까 묻는 직원들 덕에 환한 웃음이 담긴 사진을 남길 수 있었다.

시카고에서의 셋째 날, 5월 10일 금요일. 동틀 무렵 잠이 들어 점심 때 느지막이 깼다. 여권에 수십 개의 도장을 찍히도록 이 시간에 일어난 건 처음이었다. 점심을 먹고 칼바람을 뚫고 들어간 카페에서 따뜻한 라떼로 몸을 녹였다. 5월이라지만 바람의 도시다운 이른 겨울의 비릿함에 정신을 못 차리겠다. 챙겨 온 옷들은 온통 얇은 봄옷들뿐. 중심가와는 살짝 떨어져 있지만 작은 상점들이 거리를 따라 늘어서 있는 밀워키 애비뉴로 향했다. 옷을 사야 했다. 편집숍 한 군데에 들어와 코듀로이 바지를 고른 뒤 구경하는데 트위터 알람이 울렸다. "WASSUP CHICAGO" 호석과 지민이 함께 찍은 사진이 업로드됐다. 어라? 거리가 낯이 익다. 얼른 가게 창밖으로 시선을 돌렸다. 바로 건너편의 상호명이 사진 속 상호명과 일치했다. 고른 바지를 제대로 입어보지도 않고서 계산을 하고 도로를 건넜다.

이미 네다섯의 사람들이 모여 있었다. 콘서트를 보기 위해 이 근처 에어비앤비에 묵고 있었는데, 트위터에 사진이 올라오자마자 소리를 지르며 뛰어나왔단다. 나 다음으로 도착한 엄마와 딸도, 함께 호들갑을 떨며 같은 구도의 사진을 찍고 찍어 주었다. 이런 반응을 알기에 이곳을 떠난 뒤 사진을 올렸겠지만, 이 사진이 업로드된 때 바로 지척에 있었다는 사실은 모든 우연이란 이름을 불러오기에 충분했다. 이 거리를 바로 떠나고 싶지 않아 근처 카페의 창가 자리에 오랜 시간 앉아 있었다. 내가 왜 여기 있는지, 무엇을 하러 왔는지, 그 모든 것들이 상쾌하게 피부에 와 닿았다.

점심을 늦게 먹어 저녁을 걸렀더니 갑작스레 허기가 몰려왔다. 호텔 근처에서 초밥을 포장한 뒤 샴페인 한 병을 샀다. 첫날은 호텔 앞 마트 다녀온 거 말고는 한 게 없었고 고작 어제 하루 이곳저곳을 돌아다녔을 뿐인데 왜 이렇게 오래 있었던 것 같지. 모든 오감을 열고 뭐든 온전히 받아들이겠다고 생각하니 보통의 일상보다 훨씬 더 잘 살아낸다. 게다가 이번엔 걸음걸음에 덕질의 추억이 추가로 덧입혀지고 있다.

드디어 콘서트 당일. 시카고 현대 미술관에 들렀다가 공연장으로 가면 될 것 같았다. 미술관은 마당에서부터 로비까지 정신없이 뛰어 다니는 아이들로 뒤엉켜 있었다. 가족의 날. 11시부터 3시까지 아이들이 참여할 수 있는 프로그램들이 있는 날이다. 토요일 이 시간이면 완벽히 피크 타임이고 관람객이 가장 많을 시간인데, 이럴 때 아이를 동반한 가족들을 위해 무료 프로그램을 연다. 미술 작품대신 아이들이 마음껏 뒹구는 모습을 감상했다.

하늘이 흐리다 싶더니 기어코 비가 내린다. 콘서트가 시작되는 저녁엔 그친다고 하는데 그냥 맞고 다닐만한 수준의 비가 아니다. 우산을 하나 샀다. 옷을 여러 겹 껴입긴 했지만 섬유조직 사이를 뚫고 찬 기운이 스며든다. 밥을 먹고 호텔에서 몸을 녹였다. 거리는 방탄소년단의 팬임을 드러내는 사람들이 많았다. 방탄소년단 팬이라는 게 그들의 아이덴티티로 작용하는 듯했다. 솔저 필드까지 곧장 가는 146번 버스 안이 전부 팬들로 메워졌다. 이 미국 대도시의 일반 시내버스를 자신들의 팬으로 채우는 가수. 직접 보니 피부로 느껴진다.

초행길이라 서둘러 나왔더니 딱 서두른 시간만큼 일찍 도착해 버렸다. 비에 젖은 몸을 녹일 곳이 없어 하는 수 없이 공연장에 일찍 입장할 수밖에 없었다. 따뜻한 핫도그를 사 먹곤 차양 밑에서 잔뜩 움츠리고 서 있었다. 옷을 좀 더 챙겨 입었지만 부슬부슬 내리는 비와 추위를 당해 내기엔 역부족이었다. 턱이 덜덜 떨렸다. 다행인 건 일기예보대로 비가 잦아들고 있었다. 어차피 추울 거, 다리라도 덜 아파야겠다 싶어 일찍 좌석에 앉았다. 계단형 1층 좌석이라 무대를 보는 시야가 괜찮았다. 춤추듯 떨리는 허벅지를 누르는 손이 하얗게 텄다. 그렇게 한 시간 여를 버티고 드디어 저녁 7시 30분이 되었다. 비는 완벽히 멈췄다. 공연 시작을 알리는 축포가 터졌다.

첫 곡 〈디오니소스〉가 방금 시작된 것 같은데 어느새 끝 곡 〈소우주〉의 전주다. 분명 〈Not today〉, 〈Fake love〉며 〈전하지 못한 진심〉, 〈MIC drop〉 등을 크게 따라 부르고 즐기긴 한 것 같은데, 끝날 시간이라니, 단기 기억상실증. 감사의 인사를 건네며 멤버들이 리프트 아래로 사라지자 불꽃놀이가 시작됐다. 세 시간이 모두 지났구나. 허무의 빛이었다.

수많은 사람들과 함께 경기장을 빠져 나왔다. 호객행위를 하는 인력거 기사들은 〈작은 것들을 위한 시〉를 크게 틀어놓았고, 버스킹을 하는 퍼포머는 'BTS'를 외친다. 곳곳에 경찰들이 배치됐다. 밤 11시. 시카고의 밤은 무섭다는 말에 지레 겁먹어 마주하지 못했던 이 시간의 색감을 안전하게 감상한다. 걷다 보니 사람들이 조금씩 사라진다. 그러나 무섭지 않다. 저 멀리 걸어가고 있는 두 사람은 BTS 후드 집업을 입었고, 내 뒤 저만치 걷는 사람들은 나와 같은 슬로건을 들고 있다.

시카고에서 꼭 먹어야 하는 것이 있다면 그것은 피자, 햄버거, 핫도그. 이렇게 미국적일 수가 있을까. 늦은 오후 햄버거로 해장을 마쳤다. 오늘은 애석하게도 공연이 시작되는 시간부터 비가 온다고 한다. 목에 두를 손수건도 사고, 두툼한 양말도 사고, 짐을 좀 더 챙기기 위해 큰 사이즈의 PVC 가방도 사고, 우비도 샀다. 콘서트도 예습이 있다면 얼마나 좋을까. 공식 MD를 판매하는 부스가 어제 입장한 곳의 반대편에 있다는 것도, 투명한 PVC 가방은 크기가 조금 커도 융통성을 발휘해 입장이 가능하다는 것도, 우산이 반입 금지이므로 우비를 준비해야한다는 것도. 미리 알았더라면 이렇게 두 번 고생할 일은 없었을 텐데.

어제 바로 입장하느라 구매하지 못한 MD 상품도 사고, 공연장 주변을 돌아다니며 구경도 하려고 어제보다 일찍 출발했더니 버스 안이 한산했다. 창가 자리에 앉아 이제 조금 익숙해진 거리를 바라보았다. 공연장 가까운 식당에서 BT21 머리띠를 나눠 낀 가족들이 웃으며 식사를 하고 있었다. 자녀의 관심사를 지지해 주고 같이 나누려는 부모들의 노력, 콘서트 관람을 앞둔 아이들의 떨림. 코끝이 찡해진다. 영원히 면역되지 않을 부분이다.

조금씩 빗방울이 떨어지는 솔저 필드. 꼼꼼한 가방 검사 덕에 입장 시간이 꽤 길었다. 혼자 온 다른 한국인 팬과 말을 트지 않았더라면 무척 지루했을 것이다. 무대와 나름 가까운 좌석이라 시야가 좋은데 싶다가도, 첫 곡부터 바로 스탠딩 해 자신의 존재를 적극적으로 어필하는 현지 팬들의 열정을 알기에 키 작은 나는 벌써 걱정이 푹. 빗방울이 거세지기에 우비를 입었다. 공연 보는 내내 비 오고 추울 생각을 하니 벌써 걱정이 푹. 빗물에 무대가 미끄러워 혹시나 공연하다 멤버들이 다치는 일이 생기지 않을까 벌써 걱정이 푹. 큰 탈 없이 공연만 잘 끝나면 좋겠다.

첫 곡 〈디오니소스〉의 전주가 흐르자마자 역시 모두가 일어나 응원봉과 슬로건을 높이 들고 흔든다. 요리조리 피하자니 머리에 쓴 우비가 자꾸 뒤로 넘어가고, 결국엔 쓰나 마나한 상태가 되어 비에 젖어가고, 핸드폰에 빗물이 들어갔는지 액정에 금이 생기더니 급기야 여러 겹으로 겹쳐 보이고. 안 되겠다 싶어 핸드폰을 호주머니에 넣었다가 '도저히 안 돼 이건 무조건 남겨야 해' 하는 마음에 다시 꺼내기를 반복. 소리 높여 노래를 따라 부르고, 응원하고, 그래도 이건 남겨야 한다며 핸드폰을 꺼내 영상을 찍고. 완전히 난리 부르스.

남준의 솔로곡 〈Love〉가 끝나고 멤버들이 한 명씩 올라와 런웨이처럼 걸은 뒤 〈작은 것들을 위한 시〉의 전주가 나올 때, 태형이 침대 위에 누운 것처럼 눈을 감고 있다가

〈Singularity〉의 시작과 함께 눈을 치켜뜰 때, 나는 속절없이 울어버렸고, 수만 명이 한 목소리로 따라 부르는 〈Wings〉나 〈Make it right〉에서는 행복에 겨워 웃었다. 〈Just dance〉에선 누구보다 크게 제이홉의 이름을 외쳤고, 핸드폰 불빛으로 공연장을 가득 메운 〈소우주〉에선 마치 무대에 선 멤버들의 마음처럼 벅찼다. 어제와 같은 순서의 공연이었으나 완벽하게 다른 공연이었다. 매일 봐도 매번 다를 것이다.

이런 추위에 하는 야외 콘서트는 방탄소년단도 처음이었을 것이다. 연신 새어나오는 입김이 마치 개인 구름처럼 에워싸고, 추워 빨개진 코를 감싸 쥐며 동동거리는 건 나와 똑같았다. '같이 비를 맞은' 달콤함은 이미 방콕이 선점했으니, '함께 추위를 나눈' 다정함을 더할 때다. "와, 진짜 인간적으로 시카고 너무 춥지 않았어?"하며 5월에 체감하는 영하의 기온을 떠올리면 "그래, 진짜 너무 하더라." 대꾸할 수 있는 사이.

발목과 발가락이 얼었다. 도저히 걸을 수 있을 것 같지 않아 사람들의 틈바구니에 껴 버스에 올라탔다. 사람들이 내뿜는 열기로 뿌예진 창문에 발도장 만드는 장난을 하며 오늘도 거짓말처럼 흘러가 버린 시간을 반추했다. 얇은 봄옷 가지 몇 겹 껴입고서 추위에 언 손을 입김으로 녹이던 시간을, 방탄소년단이 아니었다면 결코 견디지 않았을 일 하나를 완수한 애정을 덧붙여서.

　시카고를 떠나기 하루 전날. 아침 일찍 링컨 공원 동물원으로 갔다. 남준과 태형이 작년 시카고 공연 때 이 동물원에 다녀갔다. 도심 가까이, 인공적인 장치를 최대한 배제한 동물원은 게다가 무료였다. 가벼운 발걸음으로 신이 나서 다녔던 건 알파카를 실제로 처음 봐서도, 얼룩말을 보고 눈이 동그래진 아이의 재잘거림이 귀여워서도, 풀을 질겅질겅 씹는 고릴라가 정말 사람 같아서도 아니었다. 알파카와 아이들과 고릴라를 보며 화창하게 웃었을 남준과 태형 때문이었다.

　첫날 저녁에 예약했다가 컨디션 난조로 취소했던 랄프로렌 레스토랑을 다시 예약했다. 마지막 저녁답게 조금은 사치스러워도 된다. 아스파라거스 전채 요리에 필레미뇽 스테이크, 피노누아 와인. 멤버들이 올려주는 사진과 팬들이 쓴 이런저런 이야기들을 읽으며 음식을 천천히 음미했다.

　한층 어둑해진 도심 색감에 젖어들며 레스토랑과 멀지 않은 존 핸콕 센터로 걸어갔다. 완전히 어두워지기 직전. 전망대 가기에 가장 알맞은 시간이다. 전망대까진 운이 좋게 전혀 줄을 서지 않고 도착했다. 94층까지 순식간에 도착하는 엘리베이터도 혼자 탔다. 이런 작은 행운으로 여행을 마무리한다. 시카고. 자연보다 도심에서 위안을 얻는 나 같은 도시 사람에게 이토록 완벽한 전망이 또 있을까. 산책하기 좋았던 네이비 피어도, 손에 잡힐 듯 가까워 보이는 솔저 필드도 이 높이에선 아득하다. 빌딩들의 네모난 창밖으로 새어 나오는 불빛들이 점차 선명해졌다. 어느새 완벽한 어둠이 오고, 미련 없이 전망대를 빠져나왔다. 지도를 한 번도 살피지 않은 채 호텔까지 도착했다. 일주일, 시카고는 아는 도시가 되었다.

오헤어 공항에 도착했다. 이제 현실로 돌아갈 때. 멤버들은 다음 뉴저지 콘서트를 위해 곧 뉴욕으로 이동할 것이다. 언제 출발하려나. 이어폰을 꽂았다. 시카고의 일주일, 신기루 같았던 이틀의 공연을 생각했다. 수속을 마친 가벼운 몸으로 탑승구 앞 스타벅스에 앉았다. 아메리카노를 마시며 〈Intro: Persona〉를 재생시켰다.

야 이 짓을 왜 시작한 건지 벌써 잊었냐. 넌 그냥 들어주는 누가 있단 게 막 좋았던 거야.

샌프란시스코 행 비행기 탑승을 알리는 안내 방송이 나왔다. 이제 올 때와 똑같은 과정으로 만 24시간이 넘는 이동을 하게 된다. 바닥에 놓았던 가방을 챙겨 들며 빈 종이컵을 구겨 쓰레기통에 버렸다.

야 이 여행을 왜 시작한 건지 벌써 잊었냐. 넌 그냥 그들이 있단 게 막 좋았던 거야.

내가 왜 여기 있는지, 무엇을 하러 왔는지, 그 모든 것을 설명한 하나의 문장. 아, 역시 나는 방탄소년단이 진짜 좋아.

CHICAGO
RODRIGO Y GABRIELA 5-24
90'S KICKBACK CONCERT 5-25
EDDIE IZZARD MAY 30-31

날 위로해 준 매직샵

나는 여행하면 으레 이국을 떠올렸다. 드넓은 태평양이나 낯선 간판이 어지럽게 늘어선 도로 혹은 노천카페의 와인 같은. 그럴싸한 배경이 되어 준 상점이 알고 보면 '파리바게 트'나 '명랑핫도그'처럼 그들에겐 특별할 것 없는 곳일지라 도 그 언어가 의미가 아닌 시각적 효과로 작용하는 곳을 늘 여행지로 떠올렸다. 이왕 시간과 돈을 쓰려고 작심한 이상, 이왕 '여행'이란 걸 떠나려고 결심한 이상, 그곳은 나만의 세트장이 되어 주는 곳이어야 했다. 현실에선 보잘것없는 나를, 이방인으로서의 나를, 드라마 배역을 맡은 양 특별해 보이게 하는 배경을 선택하는 것. 내게 여행은 일종의 환생 을 위한 장치였다.

거스름돈을 속아서 잘못 받거나 뜻을 알아차리지 못해 입맛에 전혀 맞지 않는 음식을 먹은 것을 그럴듯한 에피소 드처럼 얘기하는 법도 터득했다. 일주일에 한 번씩 라디오 프로그램에 출연해 여행 얘기를 들려줄 수 있냐는 선배의 말을 단박에 수락한 것도 이 마음의 연장선이었다. 라디오 프로그램에 출연했던 4개월 간, 일주일에 한 번은 멋들어진 선곡 몇 곡이 포함된 시간을 오롯하게 부여받은 주인공일 수 있었다.

가장 좋았던 국내 여행지를 묻는 질문이 날카롭게 파고든 건 그래서였다. 운전이 서툴러 이동이 어려웠다거나 일이 바빠 겨를이 없었다는 건 누가 봐도 핑계였다. 이국처럼 특이성을 부여받은 공간이라야 느낄 수 있는 유별함이 배제된 국내는 내 '여행 가능' 카테고리로 분류되지 못했던 거였다. 어떤 답을 해야 하나. 생각보다 입이 먼저 열렸다.

"전 부산이 좋았어요."

어렸을 때부터 야구를 했던 남동생은 가장 촉망받던 대학 시기에 어깨 부상을 당했다. 야구 선수, 그것도 유격수라는 포지션을 소화했던 남동생에게 언제고 재발이 가능한 어깨 부상은 치명적이었다. 수술을 하고 재활을 하고 다시 선수에 복귀했지만 더 오래 야구를 할 순 없었다. 통증엔 면역이 없었고, 까마득한 미래는 그 자체로 더 아팠다. 도피처럼 떠난 군 생활이 끝나자 동생은 선수가 아닌 프런트로서의 삶을 찾게 되었고, 부산에 자리를 잡았다. 생업에 바쁜 엄마를 대신해 남동생의 첫 보금자리 계약이나 구장을 찾아가 응원하는 것은 큰 누나인 내 몫이었다.

일단 부산에 닿으면, 이곳저곳을 누볐다. 해운대 바닷가에 자리해 값이 꽤 나가는 스페인 음식점에서 먹은 빠에야나, 분홍빛으로 노을 지는 광안리나, 신경을 조금만 덜 써도 금세 뜻을 알아차리지 못하는 사투리가 들리는 깡통 시장이나, 씨앗 호떡, 동래파전, 주황색 봉투를 머리에 쓰고 응원가를 따라 부르는 사직구장. 국내에서 여행 비슷한 걸 해 본 게 부산 정도밖에 없었다. 말로 뱉고 나니 알았다.

비가 내리는 6월 14일 금요일 오후. 반차를 내고 집에 일찍 들어온 나는 부산에 갈 채비를 마치고 퇴근하는 엄마를 기다렸다. 갑작스레 내린 비로 도로가 정체돼 도저히 택시가 잡히지 않았다. 방탄소년단 보러 부산에 간다는 과년한 딸을 아직도 터미널에 데려다 주어야 하는 엄마. 버스가 출발하자 남동생에게 메시지를 보냈다. 도착 즈음에 데리러 나오겠다는 메시지를 받고 눈을 붙였다.

부산 행엔 늘 남동생과 관련 있는 목적들로 가득했다. 집 계약, 엄마 심부름, 짐 전달. 바다를 찾거나 맛있는 음식점을 찾아보는 건 이 목적을 달성한 후 수행하는, 일종의 보상이었다. 해외 투어 등으로 바쁜 일정을 보낸 방탄소년단이 약 2년 만에 국내 팬 미팅인 《머스터Muster》를 부산과 서울에서 개최한다고 발표했고, 나는 운 좋게 부산 머스터에 당첨(가격을 붙여 비싸게 되파는 것을 막고자 추첨제를 도입해 팬클럽 회원임에도 티켓을 구할 수 있느냐 없느냐가 순전히 운에 달려 있었다)됐다. 머스터 참석이라는 나만의 이유가 먼저인, 첫 번째 부산이었다. 부슬부슬 비가 내리고 있는 노포 버스 터미널에서 동생과 만났다. 캐리어를 뒷좌석에 올리고 남동생이 운전석에 앉았다. 비가 내려 더욱 짙게 어둠이 내리 깔린 부산의 도로 위를 까만 승용차가 조용히 미끄러져 나갔다.

남동생은 맥주 한 캔, 나는 와인 한 병. 별다른 대화 없이 금요일 밤 예능 프로그램들을 연달아 보았다. 토요일 아침. 옅은 숙취가 느껴졌지만 지체할 수 없었다. 지하철을 타고 서면으로 갔다. 이번 머스터의 주제는 《매직샵Magic Shop》. 힘이 들 때 우리가 함께 있는 네 마음의 매직샵의 문을 열고 들어 와 언제든지 쉬어도 된다는 가사의, 동명의 방탄소년단 팬송에서 제목을 따 왔다. 서면의 주요 도로에 《매직샵》 공식 배너가 주룩 걸려 있었다. 복잡한 서면의 지하상가 출구를 몇 번씩 들고 나며 모든 멤버들의 배너를 찾아냈다.

데뷔 6주년을 축하하는 컵홀더를 끼워 주는 카페에서 커피를 마신 뒤 장어덮밥으로 점심을 먹었다. 전석이 스탠딩이고, 지금부터 족히 10시간은 걷고 뛰고 이동할 테니 장어로 조금이나마 힘을 내보겠다는 어른의 마음.

종합운동장역에서부턴 가히 방탄소년단 세상이었다. 광고 전광판마다 방탄소년단이었고, 공연장 가는 길은 방탄소년단을 상징하는 보라색으로 표시해 두었다. 부산 출신 멤버 지민의 데뷔부터 현재까지의 모습이 출구로 이어지는 길에 전면 래핑돼 있다. 지상으로 나와 공연장으로 이어지는 길은 제각기 만들어 온 슬로건을 든 팬들과 부채 같은 MD들을 팔고 사는 사람들로 인산인해. 모든 사람들의 얼굴엔 숨길 수 없는 흥분이 가득했다.

티켓과 신분증 검사를 마친 뒤 아시아드주경기장으로 입장했다. 저녁 7시에 시작인 공연 전까지 팬들이 모여 즐길 수 있는 것들을 마련한 공간이었다. 대형 전광판에서 방탄소년단 영상이 나오는, 우리들만을 위한 장소. 방탄소년단이 모델인 업체들의 부스에 방문하면 다양한 선물을 나눠주고, 얌얌존은 큐브 스테이크며 소떡소떡이며 배고픔을 달랠 음식 냄새로 가득했다.

오후 4시가 지나자 스탠딩 대기가 시작됐다. 입장구역에 맞춰 나눠 이동했다. 전석이 스탠딩이라 안전문제도 있고 공연장도 규모가 작은 아시아드보조경기장이기에 입장에 오랜 시간이 걸렸다. 더위에 지친 데다 발목이 벌써 시큰거리며 아팠지만, 아무렴 어떠랴. 가까이에서 보고 싶다는 충동이 가시지 않았지만, 그랬다간 파도처럼 이리저리 휩쓸리다 공연을 제대로 즐길 수 없을 확률이 높았다. 이번 머스터 무대는 360도로 돌아다닐 수 있게 돼 있었다. 어디든 전체 무대가 잘 보일 테니 이쯤이면 충분하다 생각되는 곳에 자리를 잡았다. 어둠이 내리고, 매직샵의 문이 열렸다.

　스포일러가 전혀 없는 첫 공연. 〈둘 셋〉의 노래에 맞춰 등장한 방탄소년단이 이제껏 한 번도 무대에서 선보이지 않았던 〈Home〉, 〈Love maze〉, 〈134340〉을 연달아 불렀다. 첫 음이 흐르자마자 울컥해 눈물로 시야가 가려지지 않게 몇 번이고 심호흡을 했다. 10대 후반, 20대 초반 나이대의 고민을 솔직하게 녹여냈던 그 당시의 앨범에 담긴 노래들로 공연이 이어졌다. 어떻게 〈Jump〉 다음에 〈등골브레이커〉일 수 있지! 실제 무대를 처음 보는 곡들이 많아 상념이 끼어들 틈이 없었다. 파트를 나눠 부른 〈땡〉이며 〈팔도강산〉, 〈Ma city〉. 360도 무대를 누비는 멤버들 덕에 누구 하나 부족할 것 없이 멤버들과 가까이 호흡할 수 있었다. 해외 투어를 하는 동안에도 틈틈이 연습했다는 말처럼 오랜만에 하는 한국 공연에 1년에 한 번 있는 팬미팅임을 누구보다 소중하게 생각했을 것이다. 목청이 터져라 모든 노래를 따라 부르는 팬들과 그런 팬들을 행복한 표정으로 바라보는 멤버들은 이 《매직샵》이 존재하는 모든 이유였다. 《매직샵》의 오프닝엔 장미 꽃잎이, 클로징엔 벚꽃 잎이 흩날렸다. 노래 〈매직샵〉의 가사, '필 땐 장미꽃처럼, 흩날릴 땐 벚꽃처럼, 질 땐 나팔꽃처럼, 아름다운 그 순간처럼'을 따온 연출이었다. 영원히 시들지 않은 종이 꽃잎들이 머리를 스치고 어깨를 스치고 떨어지며 내게 무언가를 묻히고 간 것이 틀림없다. 마지막 곡이 끝난 멤버들이 인사를 마치고 무대 밑으로 사라졌고 동시에 폭죽이 터졌다. 어떤 일이 있든 위로해 주겠다며, 다 괜찮을 거라고 노래하는 〈매직샵〉의 마법일까. 전 세계를 돌며 스타디움 투어를 하는 중간, 그동안 선보이지 않았던 노래를 골라 준비했을 마음이 고스란히 전해졌다. 화려하고 신경 쓴 티 팍팍 나는 무대에서 빈틈없이 공연하는 멤버들이, 꽉 들어찬 팬들 어느 하나 소원하지 않게 열심히 돌아다니는 걸음걸음이 우리 함께 교감하고 있음을 느끼게 해주었다. 어느 하나 일방적인 마음이 아니다. 공연은 끝났지만, 공허와 허무는 찾아오지 않았다.

도시를 떠들썩하게 하며 방탄소년단의 팬들은 안전요원을 지나 경찰들, 공무원들을 지나, 아이들을 기다리던 부모들을 만나거나 저마다의 이야기를 조잘대며 지하철 안으로 도시의 소음을 옮겨 갔다. 광안대교, 영화의 전당, 부산 타워가 보라색으로 물든 밤. 지민이 보라색 광안대교를 보여주고 싶다며, 공연 후 달뜬 기분이 고스란히 담긴 라이브 방송을 했다. 와인을 마시며 취기에 미끄러지는 오타를 몇 번이고 수정하며 답글을 달았다. 내 가수가 되어줘서 고마워.

느지막이 일어나 밥을 먹고 노트북을 챙겨 집 앞의 카페를 찾았다. 아메리카노 한 잔에 부은 눈이 이제야 좀 떠지는 것 같았다. 미뤄 뒀던 몇 가지 쇼핑을 하고, 어제 공연 사진들을 저장하자 서너 시간이 훌쩍 지났다.

여행으로 떠난 이국에서 특별한 걸 한 건 아니었다. 알고 보면 'T world'라든가 'CU편의점' 같은 상점을 내다보는 카페에서 커피를 마시거나 거리를 걷고, 식사할 레스토랑을 검색하거나 미술관에 갔다. 그게 다였다. 여행이기에 여행 같아 보이지 않으려고 했다. 여행을 떠나 일상을 흉내 냈다. 이국의 풍경이란 허울에 숨어 있던 실제 염원은 사실 이토록 평범한 것이었다. 장소가 어디든, 평소와 다른 마음으로 앉아 있을 수 있다면 가는 곳마다 여행인데, 불현듯 그랬다.

집으로 돌아가는 버스 안. 덜컹거리는 좌석에 앉아 사진첩을 넘겨봤다. 파리, 베를린, 시카고, 방콕에서 찍은 사진들에서 《매직샵》 사진까지. 에펠탑도 브란덴부르크문도 존 핸콕 타워도 왓 아룬도 없었지만, 나는 《매직샵》에서 아주 멋진 여행을 마쳤다. 방탄소년단이 또 한 번, 내게 마법을 부렸다.

방탄어 사전 #5 비빔면

해외 출장을 간다고 하면 으레 여행과 혼동해 생각하곤 한다.
그래도 해외잖아. 자유 시간이 있으면 좀 돌아다니고, 여유도
부리겠지. 하지만 해외 출장을 다녀 온 사람들은 안다. 그게
얼마나 고역의 시간인지. 당장의 성과가 필요한 만큼 무거운
책임감(들인 돈에 비례하는 성과는 필수다)에 짧은 기간 안에
부지런히 준비해 간 모든 일을 진행해야 하기 때문에 일하는
시간도 훨씬 길다.

한국에 있는 시간만큼 외국에 있는 시간이 많은
방탄소년단이기에 다들 생각할 것이다. 해외에 나가 좋은 것 많이
보고, 많이 여행할 거라고. 하지만 그들은 호텔 방에서 밥을 먹고
작업을 한다. 외롭고 고독할지언정 마음만은 편하게. 그들이 자주
먹는 식사 메뉴 중 하나는 소박하게도 인스턴트 라면,
비빔면이다. 공연이 끝난 뒤 지민은 석진을 불러(석진이 룸서비스
시킨 음식을 자신의 방으로 갖고 오게 해 거의 강제였지만) 비빔면을
함께 끓여 먹고, 호석은 비빔면에 고기를 얹어 먹는다. 정국 역시
비빔면에 배달된 삼겹살을 함께 먹는다.

월드 와이드 슈퍼스타의 식사에 많은 부분을 차지하는 비빔면.
평소에 즐겨 먹지 않는 이 라면을 사려고 퇴근 후 마트에 들른다.
어떤 팬이 한 말처럼 해외 콘서트장 앞에서 팔면 대박날,

외로움과 고독함과 맛과 우리의 식사. 그것이 비빔면이다.

어제보다 더,

내일보다 덜

보라합니다

우리를 형성하는 음악

우리 집 위층엔 초등학생 남자아이가 살고 있다. 엘리베이터에서 마주치면 나 다음으로 위층 숫자를 누르곤 뒤로 물러나 핸드폰에 얼굴을 파묻는 조용한 아이다. 가끔 그 아이의 부모와 함께 마주칠 때도 있는데 그럴 땐 부모를 따라 살짝 목례를 한다. 아이의 목소리를 직접 들어본 적도 없고 밖에서 만나면 얼굴을 구분할 수조차 없을, 사이랄 것도 없는 사이. 라이프 사이클이 현저하게 다른 초등학생이라 가끔 우당탕 뛰어다니는 소리로 안부를 접하는 바로 위 먼 이웃. 그러다 이 이웃의 존재를 각인하는 일이 생겼다. 피아노였다.

피아노를 치는 사람이 부모가 아니라 그 아이라고 확신한 것은 피아노 소리가 안방이나 거실이 아닌 내 방 벽을 타고 내려온다는 것이었고, 결정적으로 아이가 피아노 교재를 들고 엘리베이터에 타는 모습을 목격했기 때문이다. 완전 초보는 아니지만 그렇다고 오래 연주한 것도 아닌 어수룩한 건반 소리는 차라리 발소리를 내며 뛰어놀아 줬으면 하는 생각이 들 정도였는데 그건 꼭 밤 10시 35분쯤이 되어서야 연주를 시작했기 때문이다. 그마저도 꼭 한 곡만을 되풀이 하면서. 다른 걸 하다가도 불쑥, 잠에 막 빠지려 들다가도 불 쑥, 서투른 연주는 토요일 밤인 오늘도 어김없이 들려왔다.

피아노를 칠 순 있다. 하지만 이 시간은 너무 한 거 아닌가? 처음엔 짜증이 나서 경비실을 통해 말을 전달해야 하나 몇 번이고 갈등이 일었다. 내가 너무 예민한가? 아니 그래도 시간이 너무 늦잖아? 할까 말까 고민하다 보면 연주가 끝 나버린 날들이 한참이었다. 그러는 와중에 점차 익숙해져 버렸다. '아 드디어 연습을 시작했구나' 그리고 당연하지만 늘 어제보다 오늘이 좀 더 들을 만했다. 조금씩 실력이 늘고 있었다.

연습은 대부분 밤 11시가 넘지 않는 선에서 끝이 났다. 끝 나는 시간을 가늠할 수 있으니 그 시간 동안 이어폰을 귀에 꽂고 노래를 듣거나 거실에 나가 다른 일을 했는데, 요즘은 그 30분의 연주를 자청해서 평가하고 있다. '이 부분은 이제 안 틀리네'라든지 '흐름이 훨씬 자연스러워졌네' 하면서. 꼬 박 두 달째 같은 노래. 대체 그 노래의 무엇이 아이를 자극 했을까. 지치지도 않고 지겨워하지도 않고 두 달이 넘도록.

번화가 카페 2층 창가에 앉았다. 대체로 유동인구의 연령

대가 낮은 곳이라 여기 내가 있다는 것만으로도 머쓱하다. 이 어린 거리는 음반 가게 때문에 찾았다. 옆자리에 놓아둔 봉투에서 CD를 꺼냈다. 방탄소년단 《화양연화 pt.1》과 《pt.2》 두 개의 CD가 조명에 반짝 빛난다. 방탄소년단의 노래는 전체 곡을 음원 사이트에서 받아 매일 질리도록 듣고 있었는데 각 앨범마다 음원 사이트에 공개하지 않은 노래나 skit(짤막한 대화 형식의 트랙)이 있다는 걸 뒤늦게 알았다. 그걸 알게 된 이후로 시간이 날 때마다 앨범을 하나씩 사고 있다. 한꺼번에 살 수도 있지만 일부러 남겨 놓고 있다. 기분 상하는 일이 있거나 회사에서 깨지거나 무료하거나 할 때 '앨범 사러 가야지' 하는 기분 전환을 서둘러 마무리할 이유는 없으니까.

열여섯이던 때. 앨범이 발매되는 날이면 하루 전날 학교 근처 작은 음반 가게에 들러 주인아저씨에게 포스터를 꼭 빼달라고 신신당부를 해놓고 발매 당일 쏜살같이 달려가 CD를 사 오곤 했다. CD를 사들고 집으로 향하는 걸음은 어찌나 설레던지. 지문 자국이 남을까 깨끗하게 손을 씻고 방으로 들어와 조심스레 앨범을 개봉했다. 노래 제목은 이미 집까지 오는 길에 다 외웠다. 가사집을 정독하고 나서 CD를 플레이어에 막 올려놓을 때의 기분. 설명이 안 되도 따라는 할 수 있는 그 기분을 떠올리며 책처럼 두툼한 《화양연화》

의 가사집을 펼쳤다. 가사를 제대로 살펴보지 않고 듣는 데에 집중했던 노래들이라 가사를 어설프게 알거나 아예 잘못 알거나 했던 것들이 많았다. 음을 지우고 가사에만 집중하니 전혀 다른 노래 같았다. 셀 수 없을 만큼 들은 노래지만 허투루 들어왔던 것 같았다.

다시 run run run 넘어져도 괜찮아 또 run run run 좀 다쳐도 괜찮아 - 〈RUN〉

마냥 밝게만 느껴졌던 밝은 분위기의 〈RUN〉은 넘어져도 괜찮다고, 좀 다쳐도 괜찮다고 말한다.

니 멋대로 살어 어차피 니 거야 애쓰지 좀 말어, 져도 괜찮아 - 〈불타오르네〉

내게 져도 괜찮다고 얘기해줬던 사람이 있었나? 부모님도 선생님도 나 자신도 늘 지면 안 된다고, 잘해야만 한다고 하지 않았었나? 그렇게 이겨서 내게 남은 건 무엇이었던가. 잘했다고 말해주는 부모님과 선생님의 칭찬으로 내 공허함을 숨기지 않았었나? 강렬한 사운드의 〈불타오르네〉는 그동안 살아오면서 누구에게도 들어보지 못한 말을 툭 던지고 있었다. 심각하지 않게, 정말 아무렇지 않은 듯한 느낌으로.
그래서 정말 져도 괜찮을 것 같은 느낌으로.

짐을 챙겨 차에 탔다. 조수석에 가방과 앨범을 내려놓고
노래를 틀었다.

널 구하러 온 거야 널 망치러 온 거야 니가 날 부른 거야 봐 달
잖아
만약에 내가 널 망치고 있는 거라면 나를 용서해 줄래
넌 나 없인 못 사니까 다 아니까 - ⟨Pied Piper⟩

용서를 할 게 어딨어, 고마움뿐인데. 덕후들을 향해 위로
까지 해 준다. 이건 주문이다. 끈끈이에 붙은 파리처럼 절대
로 못 달아날 거라는 주술이다. 이런 자신감에 가득한 가사
에 기쁘게 굴복한다. '다 아니까'란 네 글자가 얼마나 큰 위
안인지. 그렇다면 좀 더 이렇게 살아도 괜찮겠다.

깊은 밤을 따라서 너의 노랫소리가 한 걸음씩 두 걸음씩 붉은
아침을 데려와
새벽은 지나가고 저 달이 잠에 들면 함께했던 푸른빛이 사라
져 - ⟨네 시⟩

새벽 네 시. 놀이터에 앉아 지민이나 친구를 기다리는 그 시간의 공기를 잊을 수 없었던 태형은 그때의 감정을 담아 가사를 쓰고 노래를 불렀다. 콘트라베이스보다 훨씬 더 근사한 저음으로 읊조리듯 속삭이듯 한숨인 듯 내뱉는 태형의 목소리는 단숨에 새벽의 공기에 닿게 한다. 누구도 사랑할 수 있을 듯하고 누구도 사랑할 수 없을 듯하고 뜻 모르게 고요한 것 같고 외로운 것 같고 행복한 것 같기도 하다. 이 노래를 쓰게 했던 동기를 가늠하고 남준이와 작업을 했을 모습을 떠올리면 어딘가 간지럽다.

문득 방탄소년단의 노래를 들으며 사춘기를 지날, 우리 위층 아이처럼 지금 취향의 초석을 쌓을 어린 친구들이 부러워진다. 〈RUN〉과 〈불타오르네〉의 가사로 용기를 갖고, 〈Pied Piper〉의 노래로 위안을 얻고 〈네 시〉의 목소리로 감정 변화를 느낄 그들이.

감수성 예민한 시기에 내게로 와 박힌 음악 하나, 가사 하나는 내가 건설해 갈 어떤 거대한 왕국의 주춧돌이 됐다. 위층 아이가 연주하는 그 한 곡, 숀의 〈Way back home〉은 방탄소년단의 노래가 아니지만, 누구의 음악이든 그 곡은 조금씩 모양을 달리해 중학생이 되고 고등학생이 되고 성인이 될 때까지 영향을 끼치며 아이만의 취향을 만들어 낼 것이다. 아이의 어떤 정서를 건드렸을 그 노래가 첫 소절부터 마지막까지 완벽하게 연주될 때까지 기꺼이 기다려 봐야겠다. 그리고 아이에게 말해 주고 싶다. 지금의 위로와 감동, 응원과 위안이 생각했던 것 이상으로 평생을 좌우하게 될 거란 걸, 평생의 추억이 될 거라는 걸, 뜯어낼 수 없는 자국이 될 테니 지금을 더욱 소중히 여겨 줬으면 좋겠다고. 지금의 시기와 나이를, 지금 듣는 노래를, 지금 좋아하는 모든 것들을.

습관처럼 부를 수 있는 곡,

오직 그것만이 목표일 수도 있던 시절.

소유욕이 뭔지도 모르면서 그럴 수 있던 시절.

십수 년이 흘러 갑자기 내 안에서

멜로디가 튀어나올 때,

속절없이 당시의 기억도 함께 밀려오는

참 환하고 맑았던 그 시절.

넌 나의 구원

사장님을 비롯한 회사 간부와 외부 주요 인사들이 참석하는 부서 내 설명회 진행과 PT 발표 업무가 주어졌다. 일주일도 안 되는 시간 안에 깔끔하게 준비를 마쳐야 했다. 급작스럽게 설명회 진행을 맡았다고 해서 다른 업무가 줄어든 것은 아니었다. 회사에선 기존의 업무를 하고, 퇴근 후 집에 돌아와 발표 준비를 했다. 내 말투에 맞춰 원고를 다시 수정하고, 지루하지 않게 강약을 조절하고, 중간중간 적절한 비유를 섞어보고, 시간을 맞춰 가며 몇 번이고 반복했다. 이왕 할 거면 역시 잘해야 했기 때문이다.

설명회 디데이 아침이 밝았다. 단정하면서도 프로페셔널해 보이기 위해 흰 셔츠와 청바지를 입고 미들굽의 힐을 신었다. 설명회 장소는 회의실을 갖춘 근교의 한옥이었다. 선배들과 짐 몇 가지를 나누어 들고 회사 승합차에 올랐다.

적당히 흐린 하늘 아래 한옥은 운치 있었다. 참석 인원 명단에 맞춰 자리를 배정하고 다과와 음료 세팅을 마치고 나니 주변을 돌아볼 수 있는 약간의 시간이 돼 양해를 구하고 나왔다. 빼곡한 대나무와 푸른 잔디, 멋을 간직한 한옥의 처마며 얕은 시냇물, 거의 180도로 젖혀 이 풍경을 감상할 수 있게 한 낮은 벤치, 중절모를 쓴 신사의 철사 조형물 등이 걷는 재미를 선사했다. 올해 초였던가, 이 주변을 여행하던 남준이 트위터에 사진을 올린 적이 있었는데, 혹시 여기도 둘러보았을까. 저 멀리에서 웅성거리는 소리가 났다. 참석자들이 하나둘 도착하는 모양이다. 남준이를 잠깐이라도 떠올릴 수 있는 푸르름이었으니, 그 잠깐의 짬으로 마음의 준비는 충분하다.

자리에 참석한 인원을 체크한 뒤 소개 멘트를 점검했다. 정면의 사장님을 비롯해 양쪽으로 부서장이 앉았고, 디귿자 모양으로 배치한 자리엔 외부 참석자들이 가나다순으로 착석했다. 톡톡. 마이크 음량 확인. 메인 자리에 서자 스크린이 잘 보이도록 조명이 어두워졌다. "안녕하십니까." 나흘간 열심히 준비한 설명회가 시작되었다.

박수 소리가 1시간 20여 분의 시간을 마무리했다. 약간의 긴장을 떨치지 못해 경직됐던 초반의 페이스가 아쉬웠지만, 그래도 전반적으로 만족스러운 진행이었다. 몇몇 분들이 찾아와 설명을 잘 들었다며 인사를 건네줘 기분 좋게 명함을 교환했다.

설명회장을 정리한 뒤 뒤늦게 식사 장소에 도착했더니

이미 왁자지껄, 떡갈비 냄새에 입맛이 돌았다. 주변에 함께 앉게 된 참석자들과 다시 인사를 나누고 식사를 시작했다. 가운데 테이블에선 벌써 커다란 웃음소리와 박수가 오갔다. 공식적 휘하 아래 음주가 허락된 자리다 보니 다들 일찌감치 오버페이스 중인가 보다 하는데, 웃음소리가 나는 테이블 쪽에 앉아 있던 후배가 자리에서 일어났다.

"오늘 이 설명회를 우리 막내가 다 준비했다고 합니다. 자 다 같이 박수!"

누군가의 칭찬에 이어 잔 부딪히는 소리. 언제 그렇게 마셨는지 얼굴이 벌게진 후배는 멋쩍은, 그러나 부끄러운 미소를 띤 채 그대로 원샷을 했다. 다 같이 잔을 비웠고, 다시 박수가 이어졌다. 그냥 일일 뿐인데, 잘 끝났으면 됐지, 뭘 바란 거야 하면서도 내 몫도 아닐 일에 뭐 그리 걱정하며 준비했을까 하는 생각이 마음속을 순환했다. 모든 수고는 저 자신만 알면 된다고, 석진이가 말했지. 그래. 잘 끝났으니 됐다. 밖으로 나와 사진첩에 저장해 둔 방탄소년단 사진을 넘겨보며, 커피를 못 마시는 태형에게 그거 마시면 천 원 준다는 석진의 장난과 그 말에 솔깃해 하는 태형의 영상을 보며, 《본 보야지》 촬영으로 뉴질랜드의 겨울 풍경을 건네 오는 최근의 윤기 트윗 사진을 다시 보며, 지친 호석이 앞에 알제이 인형을 놓아 주는 석진을 보며, 그래, 내가 아는 걸로 다

된 거야.

자리로 돌아왔더니 그새 자리가 한 번 정리됐는지 인원이 조금 줄었다. 테이블을 좀 정리하고 가운데에 모여 앉자는 누군가의 제안에 짐을 챙겨 자리를 옮겼다. 지금 회사로 들어가기엔 시간이 애매하다고 판단했는지 아예 본격적인 자세들을 취한다. 새 잔에 소주를 따랐다. 술잔을 든 선창 소리들은 점점 높아졌다.

늦은 시간 끝난 회식의 여파가 짙다. 핸드폰 알람이 울리기 전에 습관처럼 일어나긴 했는데 눈을 제대로 뜨기가 힘들다. 어제 마신 술이 전부 눈두덩에 몰렸나 보다. 냉장고에서 찬 생수를 꺼내 눈 위에 얹었다. 기승전업무로 이어지는 회식의 대화 주제 덕에 꿈에서도 야근을 했다. 밤늦게까지 회식을 해도, 머리가 깨질 듯 아파도, 폭풍우가 몰아쳐도 같은 시간 출근 준비를 하는 모든 직장인은 위대하다. 눈두덩에 회식의 여파가 몰렸어도 나는 같은 시간 출근을 준비하는 직장인이다. 그래서 나도 위대하다. 아무리 위대해 봤자 눈두덩 통증은 짜릿하기만 하다.

사무실에 도착해 컴퓨터 모니터를 켜고 진한 커피 한 잔을 탔다. 뺨 가운데까지 기른 머리카락을 귀 뒤로 넘긴 채 사선으로 돌린 얼굴이 정면을 향한 태형이의 클로즈업 사진이 바탕화면에 나타난다. 모니터 뒤 파티션 왼쪽엔 《Map of the persona》 포스터가, 오른편엔 태형이의 삼백안 눈을 크롭한 출력물이, 마우스 패드와 연필꽂이엔 빨간 타타의 얼굴이, 탁상 달력 앞엔 연습을 끝낸 프리한 모습의 단체 사진 액자가 있다. 남준이 작업실에 둔 사진과 같은 것이다.

회식의 여파가 더 진했는지 나보다 덜 위대했는지, 사무실 직원 모두가 출근 전이다. 스피커에 연결해 둔 이어폰을 귀에 꽂고 유튜브에 접속한다. 데뷔 초창기에 출연했던 보이는 라디오 방송을 재밌게 편집해 둔 채널을 발견했다. 커피를 쪼록 마시고 재생버튼을 눌렀다. 골격이 덜 자란 앳된 얼굴의 멤버들을 자세히 보기 위에 눈을 크게 떴다. 번쩍! 차가운 생수도, 따뜻한 커피도 해내지 못한 일이 벌어졌다. 잠은 달아났다. 시야가 선명하다. 하나둘 출근하는 직원들에게 아침 인사를 건넸다. 하루가 시작됐다.

"음, 그냥 편하게 한 번 만나 봐……."

점심 식사 후, 평소와 달리 말끝을 흐리는 선배는 그러니까 지금 내 소개팅을 주선하고 있는 중인 거지? 어떤 자리에서 어떤 얘기가 오갔는지 모르겠으나 '어떤 식으로든' 내 얘기가 나오게 됐고, '그런 식으로' 자연스럽게 미혼인 후배들끼리의 만남을 성사하자 의기투합이 이루어졌나 보다. 내

거절을 은근히 배재한 설명에 그저 알겠다는 짧은 대답을 했다. 곧 엄청난 비를 뿌리려는지 무거운 구름이 내내 하늘을 뒤덮고 있는 날이었다.

토요일 낮, 소파에 늘어져 있는데 모르는 번호로 전화가 걸려 왔다. 《Speak yourself》 파이널 콘서트 티켓을 가지고 올 택배 기사님일까 싶어 반갑게 받았더니 관등성명을 읊는 목소리가 들렸다. 아, 그 건이구나. 잊고 있었다. 만날 날짜와 시간, 장소만을 간결하게 전달한 뒤 전화가 끊겼다. 그쪽도 거절하기 어려운 선배의 부탁을 마지못해 승낙한, 하기 싫지만 미루면 병 될 숙제를 치르는 목소리였다. 싹퉁머리 없는 말투가 고까웠다가, 피차일반의 상황이 우스웠다가, 나도 얼른 그 숙제 끝내고 싶었다가, 아니 지금이 이럴 땐가, 내 티켓은 지금 어디쯤 오고 있는 걸까.

하루 종일 비가 내렸다. 달력이 10월로 넘어왔는데도 한여름의 불쾌지수가 고스란히 유지되고 있는 듯하다. 서두른다고 했는데도 퇴근길이 꽉 막혀 있다. 에어컨을 최대로 틀어놓았지만 하루 내 습기에 구불구불 말려있던 머리카락은 앞머리에 붙어 떨어질 생각을 안 한다. 약속 장소 근처에 주차를 한 뒤 식당에 들어섰다. 먼저 도착한 상대방과 인사를 하고 자리에 앉았다. 이런 자리가 처음은 아니지만 늘 처음처럼 설다.

보통 통화나 메시지를 주고받으면서 느껴지는 인상이 실제 만남으로 이어지는 경우가 대부분이다. 숨길 수 없는 본질이라는 게 있어서. 아랫사람을 대하듯 부차적이고 부가적인 설명 없이 간결한 말투를 지닐 수밖에 없는 사람에게 궁금하지 않은 질문을 억지로 생각해 내며 대화가 끊어지지 않게 노력했다. 어찌 됐든 시간을 내어 나온 사람이니까. 오픈 주방이었고, 손님은 단 두 테이블. 그래서 우리는 할 일을 마친 요리사들의 눈요깃감이 되어 주고 있었다. 후식으로 나온 커피까지 모두 마신 뒤 정중하게 인사를 하고 헤어졌다. 고작 한 시간이 흘렀을 뿐인데 내내 이런 자리에 태형이가 상대로 나왔으면 어땠을까 상상하며 버텼다. 물론 잘생긴 외모와 피지컬 덕에 첫눈에 반했을 거고, 그림과 도자기와 여행을 사랑하는 서정적인 태도에 연신 공통점을 찾으며 맞장구를 쳤을 거고, 커피 대신 콜라를 시키며 멋쩍게 웃을 태형을 보며 귀엽다 생각했을 거고, 몇 가지 말에 즐거웠는지 입을 네모나게 벌리며 짓궂게 웃는 얼굴을 멍하게 바라봤을 거고, 그 모습에 나도 똑같이 멍하니 웃어버렸을 거고, 그런 태형에게 '나 꽤 괜찮은 사람이에요'를 어떻게 하면 알려줄 수 있을까 한껏 고민했겠지. 주선자에겐 뭘 줘도 아깝지 않았을 거고. 시간 가는 게 아쉬워 시계를 보기를 기꺼이 포기했겠고.

덕질을 당당하게 내보이는 내 모습에 가끔 이런 대꾸를 들을 때가 있다. '눈을 좀 낮출 필요가 있어. 너 나이에 아직도 애들이나 좋아하는 게 말이 되니? 주변에서 괜찮은 남자 찾아 봐. 니가 연애를 안 해서 그래' 혹은 '어린 애들 좋아하면 양심에 가책은 안 느끼니? 그래서 네가 아직도 결혼을 못 하는 거야.' 정작 A는 골프에 미쳐 매일 골프용품을 검색하고 친구들과 골프 여행 가는 날만 손꼽아 기다리는 사람이고, B는 좋아하는 브랜드의 새 시리즈를 모으기 위해 해외까지 직접 나가 사 오는 사람이다. 그 수많은 덕질들 속 유독 아이돌 덕질만을 향해 쏟아지는 편견 가득한 말들은 무엇 때문일까. 방탄소년단이 선사해주는 이 충분함, 감화, 행복과 충전을 A와 B는 평생 모를 것이다.

소개팅을 주선하는 것이 미혼인 여성 후배에게 해 줄 수 있는 가장 큰 미덕인 것처럼 대하는 선배의 얕은 책임감도, 직업적 자부심을 바탕으로 매너를 덜 차리던 상대에 대한 얕은 혐오도, 내 앞에 태형이가 앉아 같이 파스타를 먹는 상상으로 사르르 무너뜨렸다. 그냥 많고 많은 하루 중 하나였을 뿐이다. 뜻 모를 자괴감에 빠질 시간을 제거하게 한 나의 구원자, 그는 내 검지 끝에 있다. 아이폰 스크롤을 내려 오늘도 〈Best of Me〉를 선곡했다.

넌 내 하루하루, 여름, 겨울 (…) 넌 나의 구원 난 너만 있으면
돼 You got the best of me

"사실 내 마음속엔 방탄소년단이 있는데, 소개팅을 하러
나가는 것 자체가 이상하게 바람피우는 느낌 같아요."

이날 저녁, 소개팅이 예정돼 있다고 하며 건네던 내 말에
"어디 가서 그런 얘기 하지 말라"며 손사래 치던 친한 선배
의 얼굴이 떠오르지만, 그래도 기록해 놓으려고 한다. 바람
피우는 일 따위 일어나지 못했다. 차라리 다행이다. 휴우.
3n살 방탄 덕후는 언짢아도 될 만한 하루 분위기를 바꾸고,
스스로를 인정하고, 긍정의 기운을 설파한다. 기승전방탄.
내가 그래요. 그런데 그래야 하는 이유 충분하지 않나요?

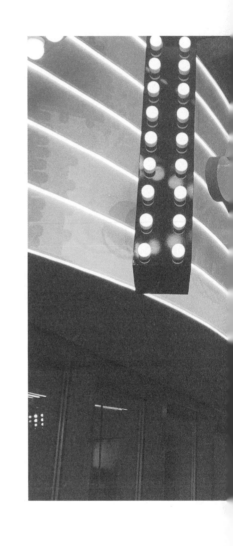

방탄소년단이 시상식에서 상을 받거나, 좋은 일이 있을 때
가장 먼저 외치는 말은 '아미'다. 항상 팬들에 대한 감사를 잊지
않고 늘 보답하려는 방탄소년단다운 발언이다. '아미'는 이제
내 이름보다 더 내 이름 같이 익숙해졌다. 그러나 만약 팬클럽
이름이 아미가 아닌 다른 이름이었다면 어땠을까? 2019년
3월, 문화비축기지에서 열린《아미피디아Armypedia》에서
최초로 공개된《BTS TALK SHOW》는 그 실마리를 살짝
보여 준다. 남준은 말한다. 팬클럽명의 최종 후보가 '방울'과
'아미'였다고. 어떠한 연유로 방울이 있었고, 또 왜 아미와 함께
최종 후보가 되었는지는 정확한 설명이 없었기에 여전히
미스터리로 남아 있지만, 하마터면 우리는 서로를 방울이라고
부를 뻔했다. 방탄소년단이 "아미!" 하는 대신 "All the 방울
out there!" 하면, 같은 소리로 "딸랑딸랑" 대답했을까.
한 가지 더. 방울도 아미도, 이름이란 걸 가지기 전 우리는
무엇이었을까. 방탄소년단이라는 이름으로 정식으로 데뷔하기
전부터 트위터와 공식 팬카페는 미리 개설되어 일찍이 팬이 된
사람들과 소통하고 있었다. 그리고 이때의 트위터와 공식
팬카페를 지금도 쓰고 있다. 방탄소년단의 모든 역사가 담긴
곳이다. 연습생 때부터 팬덤이 형성되는 요즘의 상황에 빗대어

보면 아주 기민하게 움직인 것이다. 멤버들은 트위터와 팬카페에 하루가 멀다 하고 매일의 근황이나 댓글을 열심히 쓰곤 했다. 데뷔를 한 달도 채 남기지 않은 2013년 5월, 윤기가 공식 팬카페에 처음으로 글을 올린다. 길다면 길고 짧다면 짧은 3년의 연습생 기간을 마치고 방탄소년단의 멤버로서 데뷔일이 가까워 오고 있다는 소회를 짤막하게 밝히고 싶었던 것이다. 그 두근거린 마음이 잔뜩 묻어나는 이 글의 첫 문장은 이렇게 시작한다.

"안녕 내 님들아"

공식적인 이름을 갖기 전의 팬들을 '내 님'이라고 다정하게 표현한 사람이 윤기라니, 안 그런 척하지만 사실 아이돌에 가장 최적화된 사람이 윤기란 생각에 느낌표를 찍는다. 공식 팬클럽인 아미가 창단되고 이젠 불리지 않으면 어색할 정도로 아미로서의 소속감 역시 단단하게 느끼지만, 방탄소년단의 공식 팬카페선 여전히 서로를 '내 님'이라고 지칭한다. 존중하면서도 친근하게 2인칭을 부르기에 이만한 말이 있을까. 아미면 어떻고 방울이면 어떻고 내 님이면 어떠랴. 이름을 부르는 그대들로 인해 그 어떤 이름으로 불리든 그 이름을 무한정 사랑하게 되었으리라.

원래 덕후들은 그런 게 제일 궁금하다.

공연이 끝나면 어떤 모습일까, 평소엔 뭘 하고 지낼까,

최근의 고민은 무엇일까, 뭘 좋아하고 뭘 싫어할까.

우리라는 범주 안에서만 느낄 수 있는 아주 사소하고

작은 이야기 말이다. 그들을 '보는 사람'이 아닌 '아는 사람'이

되고 싶은 것. 그리고 방탄소년단은 그 욕심을 기꺼이

수용해 무수한 콘텐츠들 안에서 자신들의 실제 모습을

가감없이 드러낸다. 그리고 그게 방탄소년단을 더욱

내 일생 곁에 묶어두는 힘이 된다.

너희가 아니었음 없었을 하루

2019.08.19. 10:05

8일간의 중국 출장이 끝난 뒤 출근한 사무실. 마감과 계획 수립이 함께 몰아닥칠 겨울 전까진 루틴한 일상 업무와 세 권의 보고서 작성만 진행하면 된다. 우선 보고서 제출 기한 까지 일정에 좀 여유가 있다. 그렇다면,

"이제 중국 막 갔다 왔는데 일이 많아? 쉬엄쉬엄 해."

엑셀 파일을 켠 채 심각한 표정으로 표를 작성하고 있는 나를 지나치며 부장님이 한마디 쓱 건넸다. 'Happy JK Day' 라는 제목이 안 보이게 스크롤을 슬쩍 내려놓고 있었던 터였 다. 이럴 땐 긍정도 부정도 하지 않는 것이 상책. "그러게요. 미리 정리 좀 해 두려고요." 단축키를 빠르게 누르며 검색창 과 엑셀을 부지런히 넘나들며 작성하는 자료는 9월 1일, 정 국이의 23번째 생일을 기념하기 위한 일정표.

그동안 여러 나라, 여러 도시를 여행하며 익힌 취사선택 과정의 짬바가 빛을 발할 때. 지도에 장소를 검색하곤 거 리를 쟀다. 최대의 효율은 최소의 동선이 필수다. 남준이 다

녀갔던 전시 중《야수파 걸작전》은 전시 기간이 얼마 남지 않아 이번에 다녀와야 했다. 컵홀더 이미지와 포토카드 선물 구성이 좋은 카페를 추린 뒤 정국이 사진을 보러 갈 전시장의 위치에 맞춰 방문 순서를 배치했다. 모든 곳을 수월하게 다닐 수 있는 중간 위치의 숙소도 골랐다. 기회비용을 따져 가며 정리하고 나니 만족스러운 스케줄이 나왔다. 이젠 정국이 생일까지 디데이 카운터를 줄여가며 마음을 고조시키는 일만 남았다.

2019.08.31. 08:39

SRT에 몸을 싣기 위해 부지런을 떨었다. 에코백 가득 이틀간의 짐을 챙겼다. 출근하는 주중보다 더 일찍 일어나고 더 일찍 집을 나섰다. 미세 먼지 없이 푸른 하늘이 껑충 높이 있다. 토요일 이른 시간의 맑은 하늘의 색감과 높이를 가늠해 본 적이 요 근래 있었던가. 아침 해의 알싸한 빛을 그대로 받고 있는 역에는 분주히 오가는 사람들 덕에 마땅히 앉을 자리가 없을 정도였다. 그들을 이동하게 하는 목적은 무엇일까. 내 모든 추진 동력은 방탄소년단으로부턴데.

서울에 도착하자마자 이른 점심을 먹기 위해 미리 봐 둔 식당을 찾았다. 어느 노부부는 식사를 벌써 마쳤고, 아이를 데리고 온 젊은 부부는 식사가 한창이었다. 커피와 프렌치

토스트를 받아 든 친구 무리는 각도를 바꿔가며 까르르 사진을 찍고 있었다. 창가에 길게 놓인 나무 테이블이며 곳곳에 놓인 카페 드 플로르 잔이며 와인병, 소품들 덕에 순식간에 파리로 이동한 느낌이었다. 크레페와 어니언 수프, 아이스 아메리카노를 주문하곤 창가에 앉았다. 파리에서 휴가를 보내고 있는지 평범하게 돌아다니는 지민이의 파리 목격담이 들려오는 요 며칠이라 만약 이런 파리의 카페에서 지민이를 만나게 되면 어떨까 하는 상상을 했기 때문일까, 주문한 음식이 금방 나왔다. 이런 개인 카페에서 음식이 제때 나오면 호감도가 상승한다. 군더더기 없고 핑계가 없는 듯해서. 어니언 수프는 따뜻한 하루를 보내게 할 것이라는 기대감을 높여 주었다. 크레페 역시 달걀노른자를 터트려 부드럽게 적셔 먹는 끝까지 맛있었다.

2019.08.31. 11:27

지하에서 정국이의 사진 전시를, 1층에서는 컵홀더 증정 이벤트를 동시에 진행하는 카페. 사전 예약을 해 두었기에 입구에서 이름을 확인 받고 입장했다. 선물이 걸린 미션들도, 생일상처럼 꾸며놓은 포토존도, 그동안 정국이가 했던 예쁜 말들을 모아 놓은 한쪽의 벽도 흥미롭게 지나친 뒤 전시장으로 입장했다. 무대 위에서 가장 행복해 하는 정국이답게 콘서트장과 시상식 사진 속에서 투명한 안광을 반짝, 발하고 있었다. 사진 앞에서 하, 한숨을 내쉬는 몇몇 팬들의 소리에 나도 모르게 슬쩍 웃었던 건 완벽한 공감 때문이었다. 특히 이 전시장엔 정국이의 '누나' 팬들이 많았는데, 초등학생 아이를 데리고 온 엄마부터 나이 든 어머님들까지 '우리 정국이'를 담는 눈빛들은 다들 열정적이고 따뜻했다.

2019.08.31. 15:12

짐을 두기 위해 호텔에 체크인했다. 창가에 침대가 디귿자 형태로 놓인, 좁지만 포근한 방이었다. 전시 도록이며 구입한 물건들, 집에서부터 이고 지고 온 짐을 빠르게 정리한 뒤 바로 나왔다. 호텔 바로 앞 정류장엔 가수 정세운의 데뷔 2주년을 축하하는 광고가 걸려 있었고 그 앞에서 두 명의 팬이 서로 번갈아가며 사진을 찍고 있었다. 알고 보니 호텔 바로 옆이 정세운이 속한 기획사가 있는 건물이었다. 소속사 앞 정류장을 꼼아 광고를 걸었을 그 마음과 이 광고를 찾아온 팬들의 마음, 오늘 새벽 내가 SRT에 싣고 왔지. 마음 바탕엔 조건 없는 사랑뿐인 덕후들은 진실로 위대하다.

2019.08.31. 17:47

석 달 전, 연희동 밤의 서점에서 정국이 혼자 촬영을 했다는 얘기를 전해 들었다. 서점과 정국은 대체 어떤 조합일까 내내 궁금했는데, 나중에 공개된 영상을 보니 머스터《매직 샵》과 관련된 촬영이었나 보다. 동네에 있는 작은 서점, 그것도 밤에만 여는 서점에서 촬영을 하는 동안 정국이는 무엇을 보고 무엇을 느꼈을까. 구글 지도는 갓 튀긴 치킨 냄새가 식욕을 돌게 하는 연트럴 파크로 인도했다. 미리 검색해봤을 때 이런 곳이 아니었는데. 갸우뚱하며 골목을 걷다 그제야 주소가 잘못되었음을 확인했다. 그럼 그렇지. 날 좋은 토요일 저녁을 즐기려는 수많은 사람들 사이를 반대로 거슬러 빠져나왔다.

밤의 서점은 얕은 오르막의 한 골목 사이에 입간판 하나를 내놓고 멀뚱히 자리 잡고 있었다. 어둠이 내리기 직전의 시간. 서점의 노란 조명이 '밤'의 서점임을 인증하듯 은은하게 골목에 퍼져 나오고 있었다. 띠링, 문을 열고 입장했다. 매직샵에 들어서는 정국이 된 것 같았다. 규모가 크지 않은 곳이었지만 주인이 얼마나 세심하게 책을 고르고 놓았을지 단박에 느껴지는 곳이었다. 책을 포장지로 싸선 책 소개 글만 보고 책을 고르게 하거나 작가의 생일만 적어둔 블라인드 책들이 있었고, 서평을 세심하게 적어놓은 책들도 곳곳에 있었다. 짙은 남색의 어두운 벽과 브라운 책장, 곳곳에 떨어지는 핀 조명, 발소리가 들릴 정도의 작은 음악. 서가를 오가며 구경을 하다가 9월 1일, 정국이와 같은 생일을 지닌 작가의 책을 비롯해 네 권의 책을 골라 들었다. 첫 방문이기에 도서 대출 카드 형식의 회원 카드를 작성했는데, 앞장은 간단히 자신의 정보를 적게 돼 있었고 뒷장은 구매해 가는 책의 목록을 적게끔 돼 있었다. 영화 《러브레터》와 비슷하게 이름이 같은 다른 사람의 도서 구입 목록이 내게 적힐 일도 있을까. 정국이 덕에 좋은 곳 하나를 선물 받았다.

2019.08.31. 20:17

호텔 룸서비스로 간단한 저녁을 주문했다. 무거운 짐을 짊어지고 아침부터 서둘러 이동하며 걸었던 적이 언제였던가. 피로함에 포만감이 얹어지니 눈꺼풀이 자연스레 감겼다. 멤버들이 올린 정국이 생일 축하 트윗과 정국이의 감사 인사는 목이 말라 자다 깬 새벽에 확인했다. 생일 축하해, 중얼거리며 다시 푹신한 침구로 파고들었다. 9월 1일. 23번째 생일을 맞이한 '해피 정국 데이'다.

Happy JK Day. 10:05

모처럼 개운한 아침이었다. 때꾼하지 않고, 숙취로 속 쓰려 하지 않은. 비몽사몽 봤던 멤버들의 트윗과 정국이의 글을 다시 읽고 나서 오늘의 일정을 정리했다. 아침 일찍 체크아

웃을 하고 용산역에 들러 짐을 보관했다. 마음이 급했더니 너무 서둘렀나 보다. 《야수파 걸작전》 시작까지 시간이 많아 종각역에서 내려 세종문화회관까지 걸었다. 나뭇잎 사이로 스민 볕과 공기가 걸음을 부추긴다. 커피 한 잔을 한 뒤 10분 정도 여유를 두고 세종문화회관 미술관에 도착했다. 전시 초입 포토월 바닥에 'RM'이라고 표기돼 있었다. 이 포토월에서 찍은 사진을 남준이가 트윗에 올린 뒤 많은 팬들이 방문했나 보다. 포토월로 쓰인 야수파의 상징 「빅벤」 그림보다 RM 두 글자를 카메라에 더 많이 담았다.

오디오 가이드를 1번으로 빌려 입장했으나 벽에 빼곡히 적힌 전시 설명을 읽고 오디오 가이드를 들으며 천천히 이동했더니 어느새 수많은 사람들에 둘러싸인 형국이 되었다. 게다가 11시에 시작된 도슨트 설명으로 사람들로 꽉 막혀 이동에 제한이 생겼다. 남준이도 도슨트 설명을 들으며 전시를 관람했었는데. 그 분위기만 가늠하곤 뒤로 빠졌다. 처음부터 다시 천천히 이동했다.

모네, 고흐, 마티스, 피카소. 그림을 잘 몰라도 익히 들어봤을 이름들이다. 미술사의 큰 사조가 된 인상주의, 후기 인상주의, 야수파, 입체파를 각각 상징하는 화가들인데, 인상주의나 야수파는 원래 그들을 조롱하기 위해 쓰인 명칭이다. 그래서 전시의 부제가 '혁명, 그 위대한 고통'이었다. 기존의 것들을 뒤틀고 새로운 형식을 차용하고 완전히 다른 것을 내놓았던 개인들이 감당해야 했던 고통. 당해야 했던 수모. 야수파의 대표적인 화가 마티스와 드랭, 블라맹크뿐 아니라 모리스 마리노, 라울 뒤피, 키스 반 동겐 등 색채를 파괴한 작가들의 작품을 감상하며 벽에 적힌 설명글도 꼼꼼하게 읽었다.

처음엔 모진 비난을 받으며 한 맺힌 시대를 살아와도 자신의 혁명적인 생각과 뜻을 굽히지 않고 오히려 주위로부터의 미움을 온전히 받아들이는 내면적 힘을 키워가며 시련과 고통을 달래 왔다. 그 결과 그들의 미술은 시대를 가르는 분수령이 됨과 동시에 다음 시대를 여는 통로가 되어 세계 문명에 위대한 기여를 하게 된 것이다.

내면의 힘, 시대 전환의 분수령. 작은 기획사의 힙합 아이돌로 데뷔했던 방탄소년단의 초창기를 둘러 싼 조롱과 견제의 매서운 눈매. 이곳에서 남준이는 어떤 생각을 했을까. 자신의 방문 자체가 마케팅 수단으로 쓰이는 지금을 보상으로 여겼을까, 아니면 묵묵히 걸어왔던 지난 여정과 다르지 않은 거쳐 가야 할 과정으로 생각했을까.

아트샵에 들러 파스텔 톤으로 따뜻한 분위기를 내는 모

리스 마리노의 「노에 성당, 4월의 어느 오후」 작품을 구입했다. 전시의 대표작보단 내가 가장 인상적으로 받아들인 작품을 고르는 것이 방금 본 전시를 더욱 오래 기억하는 내 나름의 방식이었다. 이 다양한 작품 중에서 남준이 가장 인상적으로 받아들인 작품은 무엇이었을까. 그리고 어떤 기억이 담긴 작품을 손에 들고 돌아갔을까.

Happy JK Day. 13:58

강남역에서 조금 걸어 나오면 있는 갤러리. 무료입장으로 시간에 맞춰 가면 누구나 정국이의 영상과 사진을 감상할 수 있는 전시였다. 어제의 전시보다 세 배 정도의 규모라 입이 떡 벌어졌다. 데뷔 초창기, 아직 채 자라지 않은 어린 정국이의 사진들이 많아 그 앞에 한참을 서 있었다. 단발에 가깝게 기른, 땀에 젖은 머리, 치켜세운 각진 턱, 나른한 눈. 매직샵의 정국이 사진과 다른 순진한 눈망울로 해맑게 웃는 정국이의 얼굴. '우리 정국이' 정말 잘 자랐다.

Happy JK Day. 18:38

이고 진 짐들과 함께 열차에 탔다. 떠나려고 하니 날이 흐려졌다. 오랜만에 주말 이틀을 바쁘게 보냈다. 이런 이유라도 없었으면 이 핑계 저 핑계 대며 집 밖으로 한 발자국도 내보내지 않았을 주말이었다. 정국이 생일을 기념하며 생겨난 주말 시간 전환의 분수령, 방탄소년단의 팬이 되며 생겨난 내 또 한 시대의 분수령, 충만한 생의 감각.

택시를 타고 집까지 홀가분하게 달려와 짐을 정리했다. 엄청 많은 듯했으나 정리하고 보니 별 거 없다. 좀 더 사 와도 됐는데. 이틀 동안의 이야기를 어딘가에는 털어놓고 싶어 인스타그램 라이브 방송을 켜고 사 온 물건들이며 전시 후기를 몇몇 사람들과 나누었다. 안주 없이 와인을 홀짝댔더니 취기가 슬쩍 올라와 말이 빨라졌다.

전 세계 수많은 팬들이 생일을 축하하고 기념하는 날들을 보냈던 만큼 정국이는 분명 행복한 하루를 보냈을 거다. 그 덕에 나도 한 해 통틀어 이런 날이 며칠이나 있을까 싶을 정도로 꽉 찬 이틀을 보냈다. 고마워, Happy JK Day!

밤의 서점 ⓒ한여름

덕질 전도사

오후 1시 30분. 예정 시간보다 30분 일찍 도착했다. 너른 주차장이 텅텅 비어 있다. 강연장인 대강당 입구 가장 가까운 곳에 주차를 하고 가방에서 종이 뭉치를 꺼냈다. 교육연구정보원에서 주최한 학부모 대상 진로 강연, 오늘의 강연자가 바로 나였다.

500석 규모의 대강당 좌석이 속속 채워졌다. 예정된 시각을 5분 정도 넘겨 강연이 시작됐다. 사회자의 소개가 끝난 뒤 마이크를 건네받고 파워포인트 파일이 연계된 커다란 화면 옆에 섰다. 주제는 진로 선택의 핵심이지만 실질적인 소재는 내 덕질의 역사였다. 전문 강사가 아닌 내가 이런 강연에 서게 된 이유.

수 년 전, 고등학생들을 상대로 독서캠프를 진행한 적이 있다. 책을 좋아하는 학생들의 참가 신청을 받고 그중 일정 인원을 선발해 파주출판도시 내에서 베스트셀러 저자나 출판사 관계자를 만나고 독서토론을 하는 등의 수학적인 캠프였다. 다행히 학생, 학부모 모두에게 호응이 좋았고, 그래서

이 독서캠프는 해마다 진행되고 있다. 나는 여전히 담당자로 매년 새로운 고등학생들을 만난다. 교육계에 있지 않으면서 아이들의 진짜 이야기를 생생하게 전달할 수 있는 사람, 그런 이유로 내가 강연자로 채택되었다.

나는 3시간 동안 아이들을 대변하는 동시에 학부모들을 안심시키고, 그 안에서 진로 선택의 핵심을 설명해야 했다. 우선 내가 현재 하고 있는 일과 취업을 준비했던 과정 등으로 포문을 열고, 사춘기 시절부터 늘 덕질을 하고 지냈던 나의 TMI를 비중 있게 쏟아냈다. 그 과정에서 행했던 독립적 선택들과 결과에 따른 책임감, 그것이 어떻게 성장 과정에서 독립심으로 연결되었는지. 그리고 각자 자신만의 확실한 목표를 가지고 있었지만 현실의 고민들로 못지않게 힘들어하던, 캠프에서 만난 아이들의 이야기도 덧붙였다.

2박 3일의 캠프가 끝나고서도 종종 연락을 하며 지내는 아이들이 있다. 수험에 집중하기 위해 핸드폰을 없앴던 한 아이와는 PC가 가능할 때 보내오는 페이스북 메시지로 연락을 했고, 다른 한 아이와는 손으로 쓴 편지를 주고받았다. 그때 이 아이들의 나이는 열여덟. 메시지의 내용들은 대단치 않았다. 곧 입시를 앞둔 심란한 마음의 토로, 학교에서 있었던 시시콜콜한 일상, 가족들과 떠난 여행지에서 느낀 짤막한 감상들이었다. 가끔 서로 시간이 맞으면 내가 있는 곳으로 아이들끼리 놀러 오기도 했는데, 먼 길 떠나 온 아이들을 위해 나는 항상 맛있는 걸 사줬고, 돌아갈 땐 책이라도 한 권씩 사서 들려 보내야 내 마음이 허전하지 않았다. 그렇게 아이들을 배웅하는 버스 터미널에선 애들이 돌아갈 때 사고라도 나지는 않을까, 집까지는 잘 찾아갈 수 있을까 걱정을 한가득 안은 채 집으로 돌아왔다. 일종의 모성애였던 것 같다. 그렇게 연락을 나눈 햇수가 올해로 7년째. 아마 나는 아이들에게 어른도 아니고 또래도 아닌 경계인간이었던 듯하다. 돌이켜보면 나도 나이 든 담임선생님보다 잠깐 왔다 가는 젊은 교생 선생님에게 왠지 더 마음을 터놓고 싶어지곤 했었다.

마이크를 잡은 손에 힘을 주며, 아이가 선택하는 몫은 엄마나 아빠가 아닌 아이의 것으로 넘겨주도록, 아이가 좋아하는 것을 부모의 판단으로 재단하지 않도록, 다만 동기 부여와 목표 의식을 인지할 수 있도록 관심과 대화를 해주는 것으로 충분하다고 말하며 강연을 끝냈다. 쉬는 시간을 포함해 3시간이 훌쩍 지났다. 다음 달 강연 일정을 홍보하는 사회자의 마무리 멘트가 있는 동안 긴장으로 다 지워진 듯한 메이크업을 수정했다. 강연이 끝난 뒤 몇몇 학부모님들이 찾아와 상담 비슷한 것을 요청했다. 임차 시간이 지나 에어컨이 꺼진 더운 강연장에서 덕질이 심해서 혹은 덕질을 너무 하지 않아 걱정이라는 학부모님들께 내가 생각하는 답 몇 가지를 전해드렸다. 사실은 모두 답을 알고 있을 텐데 그럼에도 내 입을 통해 괜찮다는 말을 듣고 싶었을 마음, 십분 이해했다. 그 염려, 우리 집안의 내력이기도 하니까.

방금의 열기가 언제 그랬냐는 듯 하늘엔 먹구름이 잔뜩 껴 있다. 차에 시동을 걸었다. 오랜 시간 혼자 말을 했더니 목이 타 생수 한 병을 그대로 들이켰다. 태풍이 북상하고 있다더니 회색빛으로 무겁게 내려앉은 하늘에서 기어코 빗방울이 떨어지기 시작했다. 외부 활동 신청서를 제출하고 나온 터라 회사에 돌아가지 않아도 되는 오후. 비가 오니 집으로 돌아가 낮은 조도의 조명 아래 노래를 들으며 와인을 마시고 싶은 욕구가 커졌다.

"강연은 잘 끝났어?"

엄마는 소파에 앉아 텔레비전을 보고 있었다.

"세 시간을 어떻게 채우나 했는데 그래도 끝내긴 했어."

냉장고로 달려가 다시 냉수를 벌컥벌컥 마신 뒤 엄마 옆에 자리를 잡았다. 공연 본다고 밤샘하는 딸내미를 위해 학교에 전화를 해주고 직접 데려다주기까지 했던 엄마. 내 어떤 덕질에도 부정적인 말 한마디 꺼내지 않았던 엄마. 무관심? 방조? 내가 하고 싶은 걸 하면서 스스로 책임을 질 거라, 내 스스로 능동형 인간으로 자랄 거라, 엄마는 믿었다.

엄마는 더 궁금한 게 없는지 무심히 채널만 돌리다 어느새 까무룩 잠이 들었다. 이런 분위기에 고맙다는 말은 겸연쩍으니 접어 두고 방으로 들어왔다.

휴대폰 화면을 켜 위버스에 접속했다. 휴가 중인데도 하루가 멀다 하고 찾아오는 석진이의 센스 만점 답글들을 확인하고《브링 더 소울》다큐 예고편을 봤다. 오랜만에《본보야지》북유럽 편을 다시 볼까.

아이스 버킷에 담아온 와인을 사이드 테이블에 올렸다. 트위터 통신판매로 구입한 태형이의 대형 아크릴 액자가 정면의 책상 위에서 조명을 받아 반짝였다. 지난 정국이 생일 때 구입한 액자도 곧 배송이 될 텐데 어디다 두면 예쁠까. 이 뿌듯하고도 적적한 마음을 어떻게 남기지. 메모장에 글을 썼다 지웠다 반복하다 너무 무겁지도, 그렇다고 너무 가볍지도 않게 정리하고 와인 사진을 찍어 인스타에 업로드했다.

"강연 주최자들이 끝까지 앉아 있어서 엄청 땀났지만 오늘 강연 들으러 온 학부모님들께 내 하고 싶은 말 다 해서 시원하다. 애들, 학부모님들이 생각하는 것보다 훨씬 더 똑똑하고 생각 깊고 진중하니 우선 믿어 주시길. 애들 좋아하는 걸 학부모님들 기준으로 생각하지 말고 내비 둬 주시길. 덕질? 밀어주시길. 어느 순간 본인 할 거 다 할 테니. 그 중

거가 바로 접니다."

어쩌다 진로 강사가 되었나. 작년 독서캠프 이틀째 밤, 방 하나에 모여 조촐한 뒤풀이를 하던 그 밤에 우연히 나눈 대화 때문이었다. 학창시절 어떤 학생이었냐는 누군가의 평범한 질문에 나는 항상 덕질하며 지냈다는 보통의 대답을 내놓았는데, 이 대답 위에 덕질을 용인해 준 엄마의 존재가 특별하게 얹어진 까닭이었다. 학교를 가지 않겠다는 이유가 지오디 때문이어도 괜찮고, 대중교통을 타고 혼자 서울을 찾아 콘서트를 보고 알아서 내려온 열일곱을 군소리 없이 지켜봐 주고, 내가 결정하고 행하는 모든 것들을 그대로 따라 준 엄마의 이야기는 '요즘의 학부모님들께 전하면 좋을 것'으로 여겨졌다. 당시 함께 자리를 한 장학사님이 독서 캠프가 끝난 뒤 진로 강연자로 나를 추천했고, 그렇게 진로 강사란 위치로 대중을 만난 게 올해만 세 번째다.

쪼록, 와인을 따르고 표현하기 어려운 마음들을 한 모금, 한 모금 눌렀다. 시간이 지나면 오늘의 다짐이 흐려질 수 있겠지만, 적어도 오늘 하루만큼은 방탄소년단 영상을 보고 있는 딸의 뒷모습을 모른 척해 줄 엄마가 어딘가에 있을 수 있겠다는 생각을 했다. 웃음이 났다. 언니 덕후가 선사할 수 있는 최선의 하루. 그리고 이런 기회를 준 방탄소년단을 위하여, 치얼스.

심장을 뛰게 하는 thing

어른이 되었음을 실감하는 일은 여럿 있다. 얼굴이 신분증을 대신하여 아무런 제약 없이 술을 구입할 때. 월급일에 맞춰 설정한 카드 이체일 덕에 월급이 통장을 스쳐 지나가고 난 뒤의 폐허만 가만히 확인하고 있을 때. 이제는 내가 엄마의 보호자가 되어 여행을 다녀올 때. 심야 영화를 본 뒤 주차장에서 차를 몰고 나올 때. 대출, 결혼, 육아, 노후 등 대화의 주제가 뉴스 헤드라인 같을 때. 메뉴 가격 상관하지 않고 먹고 싶은 걸 사 먹고, 스쳐 지나가는 월급을 떠올리면서도 세일하는 와인 여러 병을 사 와 와인 셀러에 차곡차곡 채워 넣을 때. 퇴사 욕구를 이기기 위해 취업 사이트에 들어가 볼 때. 회사에 들어오는 직원들과의 나이 차가 두 자리가 되었을 때.

어느 영화 제목처럼 그렇게 어른이 된다. 그러니까 그냥 그렇게, 변해 버린 삶의 패턴을 채 인지하지 못한 새 생활인으로서의 어른이 된다. 끼니를 제때 챙기려 하고, 이왕이면 밥을 먹으려고 하고, 고탄력 크림이나 기능성 화장품이 눈에 먼저 들어오고, 회식을 한 다음 날 늦은 오후가 되어서야 겨우 컨디션이 돌아오는 것도 부지불식간에 이루어진 일이었다. 그러니까 그냥 그렇게. 어떤 나이에 무수히 바랐겠지만, 전혀 예상치 못했던 어떤 나이를 자각하고 마는.

그중에서도 어른이 되었음을 가장 실감하는 일은 설렘이 사라졌다는 것이다. 처음의 짜릿함이 사라졌다. 반짝이던 애정, 두근거림, 장밋빛으로 그렸던 미래에 대한 기대감, 지금이 아니면 안 될 것 같아 시도했던 여행, 그 무모함, 이 모든 것에 시큰둥. 심장은 안정적이고 일상은 늘 그런 일상이다.

무감각하고 무신경해진 지 오래라고 생각했던 심장이 1, 2초 만에 쿵 떨어지고 온몸에 열이 돌고 미친 듯이 두근대기 시작했다. 초침의 변화로 천국과 지옥을 가르고, 무슨 일이 일어나는 건 아닐까 싶게 심장이 뛰고 턱이 덜덜 떨리는 '웬만하지 않은 이벤트'가 발생했다. 방탄소년단 《Speak Yourself》 파이널 콘서트 티켓팅은 석고상 같이 클래식하고 흠집 많은 직장인의 심장을 진흙처럼 말랑말랑 주물러 버렸다. 마우스를 쥔 손에는 벌써 땀이 찬다.

"아직 퇴근 안 했어? 우리 지금 PC방 가려는데 같이 갈래?"

방탄소년단 덕질에 빠진 동생 덕에 같이 티켓팅을 하러

PC방에 간다는 친구에게 전화가 왔다. 익숙한 자리에서 익숙한 키보드와 익숙한 마우스로 접속하는 게 조금이나마 편할 것 같아 친구의 제안을 거절했다. 팬들끼리는 암묵적으로 인터파크 티켓팅을 '간택전'으로 부른다. 어떤 서버, 어떤 아이디가 서버를 뚫고 접속되어 티켓팅을 먼저 성공하게 될지 아무도 모른다고, 그저 간택되는 수밖에 없다는 의미에서다. 나는 오늘 이 간택전의 간절한 기도를 그나마 인터넷망이 안정적인 회사 서버에 실었다.

띄워 놓은 네 개의 탭을 순서대로 새로 고침 한 뒤 예매하기 버튼을 눌렀다. 우선 목표는 진리의 막콘이다. 버벅거리는 하얀 창을 띄워놓은 채 다른 탭으로 들어가 토요일 공연과 일요일 공연을 차례대로 눌러놓았다. 얼마 지나지 않아 첫 번째 탭에서 띄운 예매 창이 다음 화면으로 넘어갔다. 침착함을 찾기엔 이미 흥분 발작 버튼이 눌려진 몸이라 익어가는 듯 더웠다. 시간이 지나자 남은 좌석이 백 단위인 구역들이 색깔을 나타내기 시작했다. 미리 좌석 구역을 프린트해 놓고 어떤 위치인지 가늠하며 좌석을 고르지 못한 것이 유일한 실수였다. 이렇게 오래지 않아 좌석을 고를 수 있으리라고는 예상하지 못했기 때문이다. 남는 좌석이 있다면 그거라도 무조건 잡아서 나와야지 했는데 오히려 너무 많이 보인 좌석에 당황했다. 몇 번의 '이선좌(이미 선택된 좌석입니다'를 겪은 뒤 마우스 커서를 놀려 포도알을 눌렀다. 좌석이 선택됐고, 다음 단계로 넘어갔다.

'됐다!'

지금 토하면 심장이 그대로 쏟아질 것 같다. 이때부턴 '존버'의 정신이다. 페이지 로딩이 늦다고 새로 고침을 해버리면 말짱 도루묵이 되기 때문이다. 그 몇 십 초가 억겁이다. 매수를 선택하고 예매자 정보를 작성하고 카드 결제를 진행했다. 화면이 넘어가지 않아 멍하니 바라보고 있는데 핸드폰으로 카드 결제 알람이 왔다. 진짜 됐다! 화면이 넘어가지 않는 동안 새로 고침을 통해 다음 화면으로 넘겨놓은 토요일 공연 예매 창을 보니 역시 좌석을 선택할 수 있게 색색의 포도알을 보여주고 있었다. 좌석은 선택이 되는데 다음 단계로 넘어가는 버튼이 눌리지 않아 몇 번을 버벅거린 끝에 구역을 선택했다. 티켓팅이 시작된 지 10분쯤 지난 시간이라 이미 2층 좌석은 많이 빠져 있었지만 3층 좌석은 꽤 많이 남아 있었다. 몇 번의 이선좌 끝에 좌석 하나를 잡았다. 결제까지는 순식간이었다. 기세를 몰아 트리플 크라운에 도전했다. 이 속도면 일요일 공연도 무리 없이 예매할 수 있을 것 같다. 이게 무슨 일이야 하면서도 왼손은 키보드, 오른손은 마우스에서 떼지 않았다. 접속 인원이 많아 예매가 지연되고 있다는 메시지가 나오는 창은 과감히 버렸다. 이 창은 간택 받지 못한 거다. 화요일과 토요일 공연 예매를 성공한 창을 집중 공략해 눌렀다. 그중 하나의 창에서 답이 왔다. 보안 문자를 작성한 뒤 클릭했다.

"세상에⋯⋯!"

잠실 주경기장의 구역이 눈앞에 나왔다. 무슨 정신으로 페이지를 넘어갔는지 모르겠다. 잡히는 아무 구역에 들어가 잡히는 아무 좌석이나 눌렀다. 페이지가 넘어갔고 결제를 진행했다. 띠링. 아름다운 카드 결제 음률. 연달아 온 결제 내역 문자를 스크롤로 확인했다. 세상에. '올콘'이다. 정말 하얗게 불태웠다. 시간을 확인하니 이제 겨우 오후 8시 20분. 20분 만에 모든 승부를 끝냈다. 컴퓨터를 끄고 가방을 멨다. 콘서트 일정이 나온 뒤부터 오늘의 티켓팅까지, 길었던 4개월의 마음 졸임에서 드디어 퇴근이다. 집에 돌아오자마자 축하의 의미로 샴페인을 텄다. 와인을 잔에 따르는 손이 미세하게 떨고 있었다. 생각보다 사이트에 일찍 접속된 데 당황해 전체 구역을 확인하지 못해 좌석이 못내 아쉽다가, 화장실 갈 때와 나올 때 다르다는 것이 이런 거구나 싶어 웃다가, 콘서트 가기 전까지 다이어트를 해볼까 하다가, 이런 하루 끝에 찾는 건 오로지 와인, 다이어트는 망했고, 밤은 쉬이 지나가고 있었다.

금요일 밤. 대부분의 사무실이 불 꺼진 회사에 남아 일을 했다. 평소 같았으면 몇 초에 한 번씩 한숨을 턱턱 쉬었을 시간이지만 콧노래가 나왔다. 일을 마무리하고 컴퓨터 전원을 끄고 사무실 불을 끄고 주차장에 나오니 열한 시가 넘었다. 같이 남아 고생한 직원을 집까지 데려다 주고 방향을 틀었다. 말소리가 묻히지 않게 줄여 놓았던 볼륨을 높였다. 공연 세트리스트 그대로 정리해 둔 재생목록이다. 도로를 빠른 속도로 질주하는 차 안에서 각 노래에 맞는 응원법을 쏟아 내며, 발음이 씹히는 랩 가사 구간을 여러 번 곱씹으며 연습했다. 오늘 리허설을 마쳤을 멤버들과 같은 마음으로 내일을 리허설하는 덕후의 자세였다. 점심 식사를 포기하고 집에 들러 빨래와 청소, 짐 정리를 마쳐 놓은 탓에 깨끗하게 정리된 집에 도착했다. 퇴근 후 집에 들어오면 그대로 와식 생활에 빠져드는 엄마를 대신해 여행을 떠나며 대용량 곰탕이나 카레를 끓여놓는 기분으로 미리 부산을 떨어 놓았다. 아미밤(응원봉)과 건전지는 잘 챙겼는지, 지갑 안에 티켓은 잘 들었는지. 드디어 내일이다.

이른 아침의 기차역. '들뜸을 숨길 수 없는 표정'이 지나간다 싶으면 투명팩에 조심히 담은 티켓이나 엄마와 맞춰 신은 BT21 운동화가 보였고, '콘서트 가는 복장이네' 싶으면 에펠탑을 배경으로 찍은 지민이 얼굴이 배경화면에 나타

났다. 질 수 없지. 지난 시카고 콘서트 때 산 태형이 키링을 점퍼 팔 부분의 고리에 끼웠다. '저, 그거 맞아요.' 하는 징표였다. 주경기장이 있는 종합운동장역에 점심 때 도착했음에도 메인 출구인 6, 7번 출구로 이어지는 통로가 이미 팬들로 빼곡했다. 좋은 게 있으면 나누고 싶은 마음이 덕질과 만나면 최고조에 이른다. 자신이 인화해 온 사진이나 직접 만든 슬로건 등을 소소하게 나누어 주거나 아예 부채나 슬로건 등을 몇 천 개 단위로 제작해 무료 배포하기도 한다. 나눔을 받기 위해 기다랗게 선 줄이 여기에도, 저기에도 있다. 나도 몇몇 줄에 껴 지민이와 윤기 부채를 받아들었다. 지난 머스터 《매직샵》에 이어 《Speak yourself》 파이널도 완벽히 축제의 장이었다. 포토카드 랜덤 부스, 포토 스튜디오 등을 이용할 수 있는 이벤트존과 스테이크덮밥에서 츄러스, 커피까지 다양한 라인업으로 준비된 F&B존은 오전 9시부터 열렸고, 공식 MD 상품은 사이렌 오더처럼 반경 2.5km 내에서 직접 주문한 뒤 수령할 수 있게 되어 품절로 구입하지 못했던 팬들이 일찌감치 공연장을 찾게 했다. 한 회당 5만 명에 가까운 팬들이 입장하기에 한꺼번에 몰리지 않게 하려는 넓은 동선 덕분에 어딜 가든 많이 걸었다. 공연장 틈새로 스며 나오는 리허설 노랫소리에 이 정도 걸음은 본 게임을 위한 워밍업이라 생각했다. 멤버들이 직접 써 놓은 글귀들을 사진 찍고, 멤버들 얼굴을 담은 배너와 사진을 찍고, 적당히 요 깃거리를 챙겨 먹고 나니 입장 시간이었다. 공기가 부쩍 차 가워져 손바닥을 비비며 티켓을 확인받고 입장하니, 거대한 공연장에 사람이 빼곡하게 들어서는 모습이 타임랩스처럼 흘러간다. 티켓팅이 전쟁이 되면서 친구나 가족과 함께 두 세 자리를 연속으로 잡아 공연을 보러 오는 사람들이 거의 없다. 내 자리 하나 얻은 것도 감지덕지. 옆자리에 앉은 팬 과 자연스레 눈이 마주친다.

"혼자 보러 오셨어요?"

마법 같은 이 첫 문장이 누군가의 입에서 터져 나오면 다 음은 순식간이다. 콘서트의 기대감이나 분위기를 나누고, 멤버들의 이야기를 나누고, 가지고 온 간식거리를 나누어 먹는다. 다른 지역 방송사의 프로듀서로 일하고 있는 분으 로 지난 슈퍼콘서트를 보러 광주에 방문한 적도 있단다. 퍽 퍽한 일상에 뽀송하게 스미는 비슷한 공감대. 하얗게 빛나 던 아미밤의 불빛이 일순 꺼지며 어둠이 내린 주경기장. 오 프닝을 알리는 음악과 함께 불꽃이 터졌다. 끼야아아아. 순 간, 정제될 시간을 갖지 못한 탁한 함성이 자동으로 터져 나 온다.

조명에 반짝이는 수트를 차려 입은 〈디오니소스〉와 〈Not

today〉가 끝나고 2년 가까운 긴 투어의 시작과 끝을 함께하게 된 주경기장 무대에서 여러 복합적인, 그러나 벅찬 마음을 숨기지 않은 멤버들의 진솔한 인사가 이어진다. 그리고 개인 무대. 의상을 갈아입을 시간을 위해 준비한 영상은 파이널 콘서트만을 위해 새로 제작됐나 보다. 처음 보는 영상에 입이 떡. 지민이의 〈Serendipity〉는 더 영롱하고, 남준이의 〈Love〉는 더 짙어졌고 〈쩔어〉〈뱁새〉〈불타오르네〉로 이어지는 메들리에선 3층의 가파른 경사를 의식할 새 없이 신나게 뛰었다. 예상치 못한 〈RUN〉 무대는 주경기장을 메운 목소리를 한층 더 높게 했다. '다시 RUN RUN RUN 넘어져도 괜찮아. 다시 RUN RUN RUN 좀 다쳐도 괜찮아' 흑조를 연상시키는 까만 롱 깃털 재킷을 입은 태형이와 성긴 니트를 헐렁하게 입은 윤기의 예상치 못한 공격에 정신없이 소리 지르고 노래를 따라 부르고, 어느새 앵콜. 마지막 곡 〈소우주〉가 시작됐다. 하늘엔 수백 개의 드론이 소우주 가사에 맞추어 대열을 바꿨다. 태양계를 이루는 행성을 하나씩 만들었다가 이내 닫힌 문 모양의 방탄소년단의 로고로, 다시 열린 문 모양의 아미 로고로. 멤버들이 이동 무대를 타고 움직이며 팬들에게 인사를 하는 뒤로, 성대한 불꽃이 터진다.

SPECIAL THANKS TO

our 🪐

Universe,

ARMY

다시, 종합운동장역. 느껴지는 부산스러움이 좋다. 오늘도 출구를 빠져 나와 줄을 서 나눔 부채를 받았다. 어제와 다른 디자인이다. 본인 인증을 거쳐 입장 팔찌를 받고, 어제 품절로 미처 못 산 MD 상품을 구매하고, 늦은 점심을 챙겨 먹고 나니 벌써 2만 보. 건강은 덤이지만, 체력은 한계가 있으니 앉을 자리를 찾아야 했다. 야구장과 맞닿은 티켓 부스 옆 벤치. 2년 전 여름휴가에서 파리 팔레 루아얄 가든, 그 옆 키츠네 카페에서 마신 따뜻한 라떼 한 잔이 떠올랐다. 가로수 풍경이 닮아서였을지 모른다. 대학생이 되면 다들 그러는 것처럼 한두 달씩 유럽 배낭여행도 다녀오고, 금요일 수업쯤 가볍게 무시하고 일본이든 중국이든 짧은 여행을 다닐 줄 알았다. 학자금 대출 없이 엄마가 보내주는 등록금을 받는 것만으로도 부채감에 잔뜩 휩싸여 아르바이트 사이트를 뒤지며 용돈을 걱정하게 될 줄은, 그렇게 번 월급으로, 최저 비용으로 겨우겨우 도쿄와 파리를 다녀오게 될 줄은 몰랐다. 이럴 거 아예 몰랐으면 좋았을 걸. 비행기 창가에서 내려다보던 아름다운 구름, 낯선 언어로 가득한 거리에서 누리던 자유, 늘 목말랐다. 회사에 입사하고, 연차 휴가가 발생하는 2년 차가 되자마자 여권에 도장 잉크 마를 새 없이 여행을 떠났다. 지난달에 베를린을 다녀왔으면 다음 달엔 싱가포르, 통장은 말라가도 핸드폰 사진첩은 부유했다. 그게 행복이라고 생각했다. 회사 말곤 아무것도 없는 일상에 대한 분풀이였다고는 생각하지 못했다. 타타 백참을 끼고, 멤버 단체 이미지 피켓을 들고, 자신의 슬로건을 자랑하며 걷는 팬들을 둘러본다. 대체 누구에게 보여주고 싶었던 걸까? 나는 전보다 나아진 나의 생활을 자랑하고 싶었다. 여행은 도구였다. 그때 카페 키츠네를 왜 찾았을까? 인스타그램에서 유명해서? 사진 찍기 예뻐서? 그 벤치에 앉아 무슨 생각을 했지? 예쁜 사진 찍기 좋은 다른 카페? 팔레 루아얄 가든의 가로수는 인생사진을 찍기에 딱 좋았다. 그런데 지금 보고 있는 가로수 앞에선 내 인생에 온전한 애정을 표출하고 있다. 올해 나는 콘서트를 보고 난 뒤 남은 시간 덤으로 남겨졌던 방콕과 시카고 여행을 제하고는 여행을 떠나지 않았다. 방탄소년단이 생활 깊숙이 들어오면서 나는 여행지를 검색하지 않게 되었다. 더 이상 도구는 필요하지 않다. 보여줄 사람 같은 건 처음부터 없었다.

내 기쁨은 나만 알면 돼.

파이널 콘서트를 위해 새롭게 찍은 영상과 새로 준비한 의상에 넋을 뺏던 어제와는 사정이 달랐다. 화려한 군무로 포문을 여는 첫 곡 〈디오니소스〉의 전주가 시작되자마자 공연에 완전히 녹아들었다. 어제 혹시 몰라 챙겼던 망원경은 호텔 방에 놓고 왔다. 멤버들의 얼굴이나 춤을 선명하게 감상하기 좋았지만 시야가 좁아져 무대 전체를 느끼기 어려웠다. 손의 무게감은 아미밤 하나로 충분했다. 앵콜 무대 때 윤기가 "오늘 텐션 되게 좋았다"며 "레전드 공연이 되지 않을까"라 말할 정도로 공연은 내내 들끓는 흥분으로 가득했다. 이동 무대를 타고 저 높은 곳에 있는 팬부터 눈앞에서 열심히 손을 흔드는 팬들 모습을 눈에 담으려 펜스 앞으로 몸을 빼고 이리저리 움직이던 멤버들을 향해 환호를 보냈다. 영국 정론지 「인디펜던트」의 한 기자가 작년 《Love yourself》 런던 콘서트를 보고 난 뒤 별점 네 개 반을 준 적이 있었다. 기사의 첫 문장은 이랬다. "대규모 팝 가수 콘서트라면, 눈앞에서 펼쳐지는 광기에 턱과 심장이 떨어지는 순간이 하나쯤은 있게 마련이다. 방탄소년단 콘서트에는 그런 순간이 여섯 번쯤 있다." 충성도 높은 팬과 촘촘히 짜인 퍼포먼스, 일 분도 쉬지 않고 공연을 하는 모습을 긍정적으로 평가하던 기사는 이렇게 끝난다. "다음 영국 방문 때 방탄소년단이 공연을 올릴 장소는 스타디움 급이 되지 않을까." 다음 영국 콘서트 《Speak yourself》는 런던 웸블리 스타디움에서 열렸다. 그리고 그 긴 여정이 이곳 잠실 주경기장에서 마무리되고 있다.

여유 있게 공연장을 빠져 나오는 밤. 온 힘을 다해 콘서트를 즐겨 이제야 허기가 몰리는지 작은 조명을 촘촘히 켠 포장마차에서 많은 사람들이 음식을 사먹고 있었다. 목소리가 안 나온다며 걸걸한 소리를 내뱉는 어떤 팬의 말에 웃음이 터졌다. 호텔 근처에서 샤도네이 한 병을 사서 들어왔다. 이 무대가 마지막인 것처럼, 이 콘서트가 처음일 팬이 있을 수도 있다는 마음으로, 모든 무대가 소중한 것처럼 최선을 다하는 방탄소년단의 팬으로 자축하지 않을 수 없는 밤이었다.

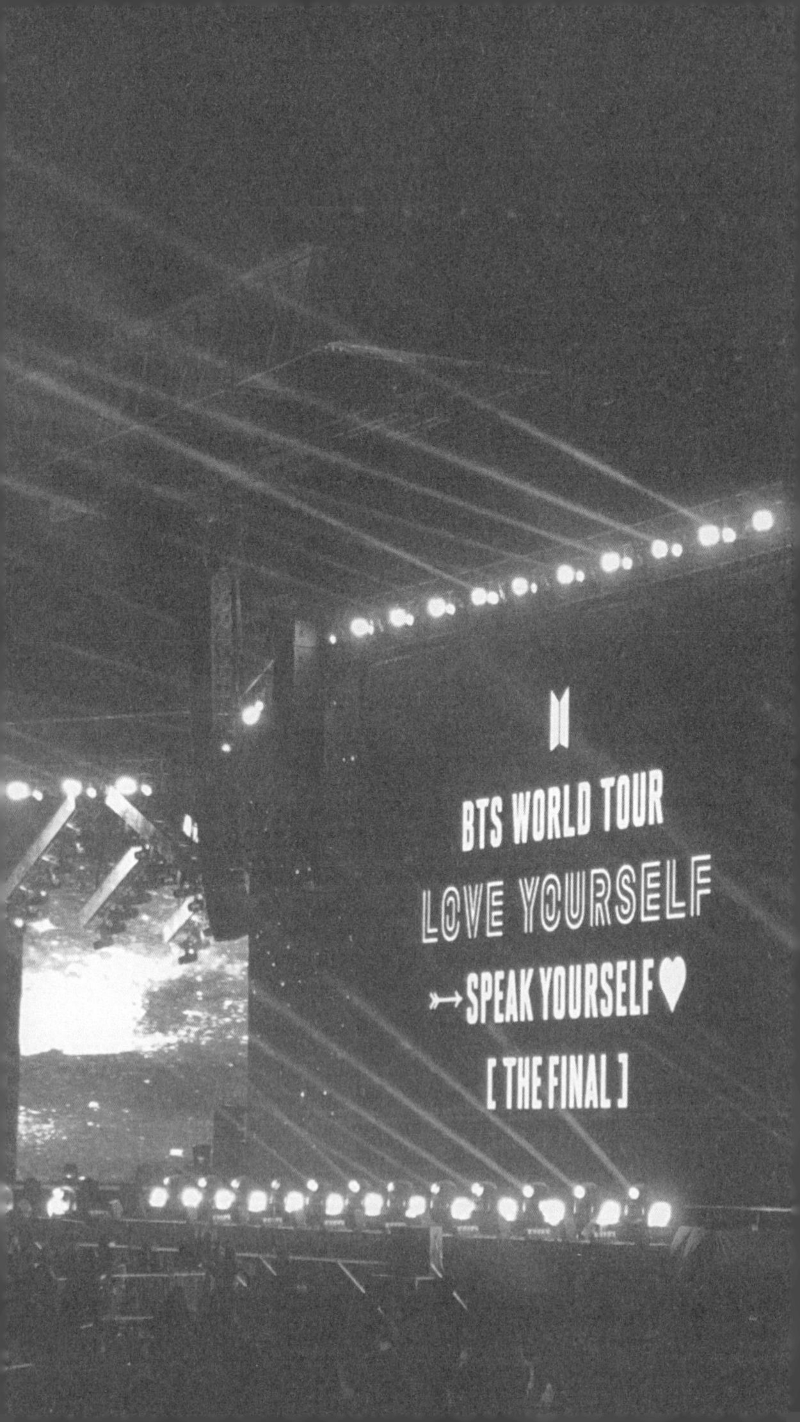
BTS WORLD TOUR
LOVE YOURSELF
SPEAK YOURSELF
[THE FINAL]

파이널의 파이널.

《Speak yourself》의 마지막 공연이 시작됐다.

공연이 채 시작되기 전부터 차오른 눈물이

내내 사라지질 않던,

완결의 순간이었다.

마지막 멘트 시간이 되었다.

긴 투어가 끝나는 소회를 밝히는 멤버들의 인사.

〈Epiphany〉를 부르는데 마지막이라고 생각하니

너무 섭섭했다며 석진은 떨리는 목소리를 냈다.

눈물을 참으려 애써 웃으며 말을 이었다.

긴 투어 내내 웃으며 분위기를 밝게 했던 석진.

여러분 덕분에 여기까지 살아올 수 있었음을 믿어달라며,

사랑이라는 말보다 더 좋은 말이 있으면 좋겠다며,

진짜 정말 사랑한다고 눈물을 왈칵 쏟아내는 남준.

〈소우주〉의 멜로디도, 폭죽도, 드론쇼도 제대로 못 보고

한참을 멍하게 있었다.

콘서트 전날인 25일, 공항철도의 일일 이용객수가 32만 6,386명을 넘어서며 하루 최대 수송 실적을 갱신했고, 주경기장 인근 세 개 호텔이 28일 만실을 이뤘다. 한국 여행 성수기 기간이 아니었지만 10월 말 한국행 항공권 검색이 급상승했고, 그중 20%가 콘서트가 열리는 기간 10월 26일에서 29일이었다.

뭐라도 하지 않으면 도태되는 것 같아서, 아무 것도 하지 않고 있는 나를 인정하고 싶지 않아 퇴근 후 일본어나 중국어 학원을 다녔다. 영화를 보고 책을 읽고, 두 달에 한 번 꼴로 해외여행을 다니기도 했다. 방탄소년단의 팬이 되고 내 조바심은 처음부터 없었던 것처럼 자취를 감췄다. 정말 배움이 좋아서, 여행이 좋아서, 하루라도 책을 읽지 않으면 입안에 가시가 돋쳐서 했던 일은 아닌 것 같았다. 지금 나는 나를 꾸짖지 않고, 부정하지 않는다. 느긋하게 누워 방탄소년단 음악을 듣는 시간이 얼마나 행복한 것인지, 퇴근 후 방탄소년단 영상을 찾아보는 게 얼마나 여유 있는 것인지, 방탄소년단의 이야기를 나눌 수 있는 사람들을 만나는 일이 얼마나 새로운 것인지. 그걸로 충분하다.

숙소로 돌아와 배달음식을 시켜 술 한 잔씩을 했는지 멤버들이 식탁에 모여 앉아 찍은 사진이 새벽에 올라와 있었다. 《Love yourself》 투어의 시작엔 식당 한 층을 통째로 빌려 전 스태프들과 화이팅을 다졌는데, 《Speak yourself》의 파이널엔 멤버들끼리만 조촐하게 마무리했다. 힘들었다는 말보단 좋았다는 말이 더 많이 나왔을 시간이었길 바라며 오후 출근을 위해 나흘간 풀어놓았던 짐을 꼼꼼하게 쌌다. 이렇게 나의 대단원도 끝났다.

뉴질랜드에서 찍은 《본 보야지》도 남았고, 노래의 다양한 해석을 선보일 연말 시상식 무대도 남았고, 무엇보다 열심히 작업 중이라는 다음 앨범과 다음 활동이 있다. 재작년의 내가 오늘의 나를 전혀 예상하지 못했듯 내년의 내가 전혀 상상되지 않는다. 그래서 내 책장에 두고두고 남게 될 이 글의 마침표를 이렇게 찍는다.

아무렴, 지금처럼 행복하겠지.